Veronika Ederer

AF222593

Das Volk der Bergwälder

Teil 2 – Der verlorene Stamm

Veronika Ederer

Das Volk der Bergwälder

Teil 2 – Der verlorene Stamm

Bibliografische Information der Deutschen Nationalbibliothek:
Die Deutsche Nationalbibliothek verzeichnet diese Publikation in der Deutschen Nationalbibliografie; detaillierte bibliografische Daten sind im Internet über http://dnb.dnb.de abrufbar.
Die automatisierte Analyse des Werkes, um daraus Informationen insbesondere über Muster, Trends und Korrelationen gemäß §44b UrhG („Text und Data Mining") zu gewinnen, ist untersagt.

Verlag: BoD · Books on Demand GmbH, In de Tarpen 42, 22848 Norderstedt, bod@bod.de
Druck: Libri Plureos GmbH, Friedensallee 273, 22763 Hamburg
ISBN: 978-3-7693-2666-6

Meiner Freundin Maren gewidmet,
der ich schon lange einen Bestseller
und eine Weltreise versprochen habe!

INHALTSVERZEICHNIS

I

Organ Mountains, New Mexico, USA (©VE)

II

Namen der wichtigsten handelnden Personen (1874)

Mescalero / Nii't'ahéõde

Ko ʔìgą` - Tötendes Feuer (Krieger, 33 Jahre)

Hàcké'isdzą́ą́ (Eve, Ich-Erzählerin, Wütende Frau, 29 Jahre)

Nábi'dilziih – Die geheilt wird (Schwester von *Ko ʔìgą`*, 25 Jahre)

Keh / -Zaade – Still / Zunge (Pflegekind 6 Jahre)

Hidagoo – Er der lebt (Pflegekind, 11 Jahre)

Tł'ooł – Seil (Pflegekind, 9 Jahre)

Są́h – Hör zu (mexikanisches Adoptivkind, 7 Jahre)

Yáłtí' - Er der spricht (Anführer der Berggruppe, 36 Jahre)

Bil gozhǭǭ – Mit ihr ist Freude (Ehefrau von *Yáłtí'*, 27 Jahre)

Kų́ų́she – Blauspecht (Sohn von *Bil gozhǭǭ* und *Yáłtí'*, 14 Jahre)

Ch'idii dldidlaago - Die, die viel schwatzt (Mutter von *Yáłtí'*, 56 Jahre)

Ch'ig/d náidnłtsooz – Er hebt die Decke auf (Krieger, 24 Jahre)

9

Hasdádogaał – Die gerettet wurde (Ehefrau von *Ch'ig/d náidnłtsooz*, 14 Jahre)

Biyo' – Seine Perle (Medizinmann, Sänger, 69 Jahre)
Łéé – Pferd (Tochter von *Biyo'*, 42 Jahre)

De'k'úzhe – Salz (Mutter von *Ch'ig/d náidnłtsooz*, 40 Jahre)

Siedler & Soldaten
Karen & Sebastian (Eltern von Eve, 50 & 51 Jahre)
Maria (mexikanische Haushaltshilfe, 56 Jahre)
Rosanne Eden (Siedlerstochter, 19 Jahre)
Mrs. Eden (Siedlerin, 41 Jahre)
Mr. Eden (Siedler, 44 Jahre)
Major Rolfe (Kommandant im Fort Stanton, 39 Jahre)

WAS ZUVOR GESCHAH – EINE EINLEITUNG

Die Siedlersfrau Eve Rawford wächst in der zweiten Hälfte des 19. Jahrhunderts im heutigen New Mexico, USA, auf. Im Alter von 28 Jahren verwitwet, zieht sie 1873 zurück auf die Ranch ihrer Eltern. Das Land und seine Geschichte üben seit ihrer Kindheit eine unerklärliche Faszination auf sie aus.

Eve verspürt gegenüber den Apachen der nahegelegenen Mescalero Reservation keinerlei Feindseligkeiten, sondern Mitgefühl. Die Mescalero erhalten zu wenig Lebensmittel, leiden unter ihnen unbekannten Krankheiten und dürfen die Reservatsgrenzen ohne Erlaubnis nicht übertreten. Die Frau beginnt zunächst zaghaft, dann immer entschlossener, die Menschen zu besuchen, sie mit Nahrungsmitteln zu versorgen und sie vor den Soldaten von Fort Stanton zu verteidigen. Bei einem Zwischenfall im Fort erhält sie deshalb von den Apachen den Namen *Hàcké'isdzáá* – Wütende Frau.

Eve wird im nächsten Jahr auf einem ihrer Ausritte von dem Krieger *Ko ʔìgą̀*, dem sie bereits mehrfach begegnet ist, in ein Apachenlager eingeladen. Das versteckte Dorf wird wenig später von Soldaten angegriffen, da die Apachen das Reservat unerlaubt verlassen hatten. Der leitende Offizier, Major Rolfe, bringt Eve zu ihren Eltern zurück und hält wenig später um ihre Hand an. Eve muss gegen ihren Willen in die Heirat einwilligen. Nur wenig später wird sie beim Besuch von Rolfes Schwester das Opfer eines Apachenüberfalls, den sie als einzige durch *Ko ʔìgą̀*'s Hilfe überlebt. Da Eve genesen muss und Major Rolfe die flüchtigen Apachen erst fassen möchte, wird die Hochzeit vorerst verschoben.

****

Die Handlung dieser Geschichte ist frei erfunden. Die handelnden Personen haben nie gelebt, und die Begegnung des Kriegers *Ko ʔìgą̀* mit der Frau einer weißen Siedlerfamilie ist so nie geschehen. Die historischen Rahmenbedingungen allerdings, wie das Leben der Europäer in dem dünn besiedelten Gebiet im späten 19. Jahrhundert und das schwierige Leben der Apachen auf der Reservation, basieren auf jahrelanger Recherche, ebenso wie eine möglichst authentische Beschreibung der Kultur der Mescalero.[1]

Die verschiedenen indianischen Stämme des amerikanischen Südwestens bekämpften Spanier, Mexikaner und US-Amerikaner erbittert, aber immer wieder vertrauten Menschen beider Kulturen den jeweils anderen. Tatsächlich gab es in der zweiten Hälfte des 19. Jahrhunderts zahlreiche freundschaftliche Kontakte. Einige Siedlerfamilien verschenkten Lebensmittel an hungernde Apachen, andere leisteten medizinische Hilfe, und manchmal wurden auch flüchtige Apachen vor den Soldaten oder Texas Rangern versteckt. Es waren einzelne Personen oder Familien, die so handelten, oft im Gegensatz zu der herrschenden Meinung. Über diese Personen und Familien ist wenig publiziert.

Mit einer möglichst korrekten historischen Darstellung der Lebensumstände, Rituale und Sprache möchte ich meinen tiefen Respekt vor der Geschichte, dem Überlebenskampf und der Anpassungsfähigkeit der Apachen ausdrücken.

---

[1] Für Interessierte findet sich eine Liste mit weiterführender Literatur am Ende des Buches.

Seit über 10 Jahren reise ich, wenn möglich, jedes Jahr nach New Mexico, um über die Kultur und Geschichte der Mescalero Apachen zu lernen. Für jeden Tag, den ich in ihrem Land verbringen durfte, bin ich unendlich dankbar. Um die Schönheit des Landes und die damaligen Lebensumstände zu verdeutlichen, habe ich Fotos meiner Reisen eingefügt.

Die Namen der Apachen in diesem Roman und die Bezeichnungen von Pflanzen, Tieren und Tätigkeiten habe ich unter anderem aus dem vierbändigen Lexikon des Mescalero Apache Tribes[2] entnommen, das ich in der Bibliothek in Mescalero einsehen durfte. Ein Glossar am Ende des Buches fasst alle verwendeten Ausdrücke zusammen. Die Benennung *Nii't'ahéõde* bezeichnet dabei eine Untergruppe der Mescalero, die im späten 19. Jahrhundert sowohl in den Sacramento Mountains in New Mexico als auch in den Guadalupe Mountains in Texas lebte.

Die Sprache der Mescalero, Chiricahua und Lipan Apachen ist ungemein schwer zu erlernen

---

[2] NDÉ BIZAA' I (DÁÃE'É) - An Introduction to Mescalero Apache Language Phrases. 2014 (erhältlich nur für Stammesmitglieder).

14

und enthält zahlreiche, für Europäer ungewohnte Laute. Die Aussprache der verwendeten Namen ist entsprechend fremd. So wird der Buchstabe „ʔ" als stimmlos gebildeter Verschlusslaut gesprochen (ein Beispiel in der deutschen Sprache ist *erinnern* [ʔɛɐ̯ˈʔinɐn]). „Ł" oder „ł" wird als stimmloses „l" ohne hörbare Vibration gesprochen. Der Buchstabe „à" wird als tiefes „a", der Buchstabe „á" als hohes „a" gesprochen. Eine Dopplung von Vokalen bedeutet, dass die Vokale lang gesprochen werden. Ein „õ" wird steigend und fallend gesprochen, ein „ʹ" im Wort zeigt die Hauptbetonung an. Alle anderen Vokale werden ähnlich wie im Deutschen ausgesprochen.

DANKSAGUNG

Ein Buch entsteht, auch wenn meist nur der Name des Autors auf dem Titelblatt steht, durch die Unterstützung zahlreicher anderer Personen. Aus diesem Grund danke ich allen sehr herzlich, die mich nach Erscheinen des ersten Teils ungeduldig gedrängt haben, den zweiten Teil dieses Romans zu veröffentlichen: vor allem Maren Bayerl, Sandrina Lanz, Ilse Ederer-Pongratz, Corina Gloor und Angelika Oskamp!

Ich danke Michelle Lanz sehr für ihre wiederholte Unterstützung bei der Gestaltung des Buchumschlags – wenn man es einmal gut macht, gibt es kein Zurück mehr.

Nichts davon wäre möglich ohne meine Freundinnen und Freunde in New Mexico. Ich denke jeden Tag an die Menschen, die ich treffen durfte, an die Orte, die ich sehen durfte, an die Sonne im Land der Mescalero - *'ixéhe*!

Nangodaszei – Capitan Peak im Guadalupe Mountains National Park, Texas (©VE)

1. DER ÜBERFALL

An einem Tag im Frühsommer kamen unsere Bekannten, die Familie Eden mit ihrer Tochter Rosanne, aus der Stadt für ein paar Tage zu Besuch. Ihre Tochter würde in den nächsten Tagen heiraten, und ihre Mutter und sie füllten unsere Ranch mit Gesprächen über die zahllosen Vorbereitungen. Rosanne selbst schien sich in freudiger Erwartung aufzulösen und konnte gar nicht verstehen, dass mich die Aussicht auf eine baldige Hochzeit so völlig unbeteiligt ließ, selbst wenn sie wusste, dass es meine zweite war. Meine Mutter hingegen hoffte täglich, dass mich ihre Begeisterung anstecken würde, und entschuldigte meine Gleichgültigkeit geduldig als Trauer über den verschobenen Termin – insgeheim wusste sie es natürlich besser. Als Rosanne erfuhr, dass ich noch nicht einmal ein Hochzeitskleid ausgewählt hatte, bestürmte sie ihre und meine Mutter, dass ich eine Weile mit ihnen in die Stadt kommen sollte, um mir in Ruhe einen Stoff aussuchen zu können.

Was wäre geschehen, wenn ich diesem Besuch nicht zugestimmt hätte? Diese Frage stelle ich mir seitdem immer wieder. Ich wäre nicht mit ihnen an diesem Tag in die Stadt gefahren, wäre auf der Ranch meiner Eltern geblieben und hätte wahrscheinlich irgendwann Major Rolfe geheiratet. Ich hätte mir mein Kleid vielleicht erst dann ausgesucht, wenn der Hochzeitstermin festgelegt worden wäre. Mein Leben wäre vollkommen anders verlaufen, nur aufgrund dieser Entscheidung. Doch wie hätte ich wissen können – wie hätte irgendjemand wissen können?

So aber stimmte meine Mutter freudig zu, und meine Gleichgültigkeit verhinderte, dass ich mich dieser Abmachung widersetzte. Denn ich fühlte mich immer noch in dem Beschluss der Hochzeit gefangen, den meine Eltern getroffen hatten, und ich wusste keinen Ausweg mehr. Und so kam es, dass ich unsere Bekannten an dem Tag, an dem sie wieder in die Stadt zurückfuhren, begleitete, um einige Tage bei ihnen zu bleiben.

Am Morgen dieses Tages reichte ich meine kleine Tasche Rosannes Vater auf den einfachen zweispännigen Wagen. Ich hatte nicht viel gepackt, und im Nachhinein bin ich froh darum. Wenig von alledem, was ich besaß, hätte mich auf dieser Reise, die ich antrat, begleiten können, und vieles wäre verloren gewesen. Ich trug bequeme Reisekleidung, Stiefel und ein Schultertuch. Das einzig Ungewöhnliche, was ich mitnahm, war *Ko Piga*'s Perlenschnur, die er mir zurückgelassen hatte, als ich ihn aus der Gefangenschaft der Soldaten befreit hatte, und die ich mir heimlich unter meinem Reisekleid um den Hals gelegt hatte. Dies war die einzige Tat, die sich im Hinblick auf die Zukunft als sinnvoll erwies.

Mr. Eden saß auf dem Kutschbock, seine Frau und Tochter hinten auf den Sitzen, und während ich mich von meiner Mutter und meinem Vater verabschiedete, dachte ich nur mit tiefsitzendem Unbehagen daran, dass mir nun Tage voller Rüschenspitzen, Duftwässerchen und Blümchen bevorstanden. Wie sehr ich mich irren sollte. Wir fuhren an, und ich drehte mich um und winkte. Der letzte Blick auf unsere Ranch an diesem Tag blieb mir lange im Gedächtnis.

Ich erinnere mich nicht mehr genau, worüber wir auf der Fahrt sprachen. Manchmal wirbelte der Staub um uns so heftig, dass wir schweigen und uns die Tücher vor das Gesicht ziehen mussten. Manchmal wünschte ich mir diese Staubwirbel, um schweigen und nachdenken zu können. Doch dann knallte ohne Vorwarnung ein Schuss, und noch einer, und alles Nachdenken hatte ein Ende.

Der Wagen kam ruckartig zum Stehen, als Rosannes Vater auf dem Kutschbock zusammensank und nach vorne derart in das Gespann sackte, dass die Pferde nicht weiterkonnten. Rosanne, die mit dem Rücken zu ihrem Vater gesessen hatte, starrte ihre gegenübersitzende Mutter einen kurzen Augenblick entgeistert an, als diese laut zu schreien begann. Dann wandte das Mädchen den Kopf, vermisste ihren Vater vor sich und schrie ebenfalls auf. Und ich fuhr, einen Überfall vermutend, von meinem Sitz in die Höhe und mit beiden Händen zu der Winchester, die auf dem Kutschbock lag. Gerade hatte ich die Waffe hochgerissen, als eine Gestalt neben dem Wagen auftauchte und Rosanne von ihrem Sitz zerrte.

Es waren Apachen, sieben oder acht, alle mit Gewehren bewaffnet, zu Fuß, lautlos, wortlos. Zwei schnitten die beiden Wagenpferde frei, und mit einem dumpfen Geräusch fiel Mr. Edens

Körper zu Boden. Rosanne, die wie am Spieß schrie, wurde von einem Krieger ein paar Meter weiter achtlos zu Boden gestoßen, und ihre Mutter, die mittlerweile hemmungslos schluchzte, wurde von zwei weiteren Männern aus dem Wagen geschleift. Ich allein stand noch, einen Fuß auf dem Wagenboden, den zweiten sprungbereit an den Rand des Kutschbocks gestemmt, das Gewehr in beiden Händen.

„Schieß! So schieß doch! Schieß!", kreischte Rosanne mit sich überschlagender und schriller Stimme, sie keuchte und schluchzte hysterisch, allein und völlig unbeachtet am Boden sitzend. Und dann sah ich ihn, *Ko ʔìgą̀*, Tötendes Feuer, der nur wenige Schritte schräg vor mir und ungedeckt am Wegrand stand, ebenfalls ein Gewehr in den Händen.

„Schieß! Schieß! Nun schieß doch endlich!"

Ko ʔìgą̀`s Augen und meine schienen sich ineinander zu verhaken. *Nein*, dachte ich, *das kann ich nicht*. Ich entsicherte mein Gewehr nicht. Ich bewegte mich auch nicht, als *Ko ʔìgą̀* sein Gewehr wiederum langsam entsicherte und auf mich richtete. *Nein*, dachte ich, *ich werde nicht schießen. Und ich bin nicht bereit zu glauben, dass er schießt.*

22

Da fasste mich ein anderer Apache überraschend fest und brutal von hinten an meinem hochgesteckten Haar und riss mich mit solcher Wucht vom Wagen auf die Erde nieder, dass ich das Gewehr fahren lassen musste, um mich abzufangen. Er hob die Waffe auf, ohne dabei seinen Griff zu lockern, und schleifte mich zu Rosanne und ihrer Mutter hinüber, die sich mittlerweile völlig panisch aneinanderklammerten.

Ko ʔîgą` trat dem Krieger in den Weg und sprach ihn an, seine Waffe immer noch in der Hand. Er blickte dabei auf mich und auf die Stelle des Wagens, an der ich gestanden hatte. Mir wurde klar, dass er mich als Beute forderte, da es ihm möglich gewesen wäre, mich zu erschießen, und er es nicht getan hatte. Der andere Mann gab zunächst heftige Widerworte, doch schließlich stieß er mich grob zu Boden, ließ mein Haar los und drückte *Ko ʔîgą`* mein Gewehr in die Arme. Ohne ein weiteres Wort schritt er davon.

Ko ʔîgą` legte beide Schusswaffen beiseite, löste einen Rohhautriemen, den er am Gürtel trug, und schnürte mir beide Handgelenke vorne zusammen. Während er dies tat, konnte ich meinen Blick nicht von ihm wenden, doch er sah nicht hoch. Auch die anderen Krieger traten nun zu uns, beladen mit einzelnen Beutestücken wie unserem Gepäck, Mr. Edens Hut, Jacke und Revolver, die beiden Wagenpferde führend. Ein Mann riss Rosanne und ihre Mutter auseinander und fesselte ihnen ebenfalls die Hände. Außerdem zog er unter hysterischem Kreischen der Frauen sein Messer und durchtrennte die Schnürsenkel ihrer Schuhe. Nacheinander zerrte er ihnen die Schuhe von den Füßen und warf sie weit fort, dann wandte er sich mir zu.

Ich erinnerte mich in diesem Moment an Marias Erzählung von ihrer Gefangennahme, und dass man ihr in diesem unwegsamen Gelände die Schuhe genommen hatte, um sie an der Flucht zu hindern. Sofort verbarg ich meine Füße unter meinem Kleid und wehrte den Mann mit meinen gefesselten Händen ab.

„Nein,", schrie ich dabei wütend, und schlug um mich, „ich habe euren Kindern Essen und Decken gebracht, ich habe die Soldaten von euch abgelenkt, ich habe euch im Gefängnis Wasser gebracht, ich lasse mich nicht anfassen!"

Rosanne und ihre Mutter verstummten plötzlich und starrten mich mit aufgerissenen Mündern an. *Ko ʔìgą̀* jedoch zog mich am Arm in die Höhe.

„Hàcké'isdzą̄ą̄", sagte er, und auch die anderen Männer betrachteten mich mit unsicheren Mienen. Dann, ohne ein weiteres Wort erhoben sich alle, brachten Rosanne und Mrs. Eden auf die Beine und trieben sie vom Weg hinunter in die sandige dornige Weite. In einer langen Reihe führten uns die Apachen hinein in die sonnendurchglühte Wildnis, einen leeren Wagen und Mr. Edens Körper hinter sich lassend.

****

Die auf dieses Ereignis folgenden Tage sind mir nur sehr vage in Erinnerung geblieben. Nur einzelne Passagen tauchten allmählich aus meiner verschwommenen Erinnerung auf. Der Schock über den Überfall, die Ermordung des Mannes und unsere Entführung betäubten mich vorübergehend, aber wenigstens ich verwendete alle Energie darauf, bei klarem Verstand zu bleiben. Denn je weiter wir von der Kriegergruppe in das Land getrieben wurden, desto kopfloser wurden Rosanne und ihre Mutter. Sie wimmerten und schluchzten leise bei jedem Schritt, und natürlich fühlte ich Mitleid, da man ja mir die Schuhe gelassen hatte. Aber ich wusste auch, dass wir sehr wahrscheinlich tagelang wandern würden, und dass es ratsam war, unsere Kräfte zu sparen. Und ich wusste auch, dass die Apachen sich durch die Klagen der Frauen niemals erweichen lassen würden.

Ich dachte an meine Eltern und verbot mir gleichzeitig Gedanken an sie. Ich quälte mich mit Fragen und rief mich sofort wieder zur Ordnung. Wie lange würde es dauern, bis man die Familie Eden vermisste, wie lange würde man brauchen, bis man den Toten und den Wagen fand? *Geh aufrecht, schöpfe tief Atem, sieh auf den Weg!* Würde es dann noch Spuren geben, Spuren, die irgendwo hinein in dieses Niemandsland führten? *Nicht straucheln, nicht stolpern, nicht fallen!* Würde man erkennen, dass es Apachen gewesen waren, die uns überfallen hatten? Aber woran? *Vergiss die Sonne, den Staub, den Durst!* Was würde meine Mutter fühlen, nachdem nun ihr schlimmster Alptraum wahr geworden war – ihre einzige Tochter, Beute der Apachen? *Nicht langsamer werden, nicht zurückfallen!* Was würde

26

mit mir, mit uns geschehen? Was geschah mit gefangenen Frauen bei den Apachen? *Geh weiter. Geh einfach!* Wie würde Major Rolfe reagieren? Was geschah mit den Apachen, die sich jetzt noch im Reservat befanden? *Sieh die Apachen an, die vor Dir gehen!*

Die Sonne stieg immer höher, und die Hitze wurde unerträglich. Hüte, Schirme und Tücher waren uns von den Männern entrissen worden, der Sand drang uns in Mund und Augen, und das Land flirrte vor unserem Blick. Unsere langen Kleider verfingen sich immer wieder in den kniehohen Feigenkakteen, dornigen Büschen oder an Felskanten und rissen, oder wir stolperten über die langen Säume oder herunterhängenden Fetzen. Scharfe Felskanten schürften uns die Beine, Arme und Handflächen auf, der Schweiß brannte uns in den Augen. Meine helle Haut rötete sich schon nach kurzer Zeit und spannte schmerzhaft. Das einzige Geräusch außer unseren Schritten und den heftigen Atemzügen war der hohe, trommelfellzerreißende Ton der Zikaden, die in der gleißenden Sonne sangen. Die Apachen hatten einen ausdauernden Trab eingeschlagen, den sie wahrscheinlich über Stunden durchhalten konnten, doch wir strauchelten schon nach kurzer Zeit. Unsere Fänger trieben uns unbarmherzig weiter, zerrten uns wieder auf die Füße und stießen uns vorwärts. Am Anfang hatte ich noch versucht, mich zu wehren, aber so wütend ich auch war, meine Kräfte ließen immer mehr nach.

Wir legten den ganzen Tag keine einzige Pause ein oder nahmen auch nur einen Schluck Wasser zu uns. Als die Sonne ihren Höhepunkt überschritten hatte, taumelte Rosanne, die vor mir ging, heftig und stürzte so plötzlich, dass ich fast über sie gefallen wäre. Auch ich war zu Tode erschöpft, doch ich stand noch und versuchte, sie wieder auf die Beine zu ziehen, bevor es die Männer taten.

„Lass mich hier liegen", stöhnte sie, „sollen sie mich doch hier töten, ich kann nicht mehr!"

„Sei keine Närrin, es wird bald Abend, dann rasten wir bestimmt! Steh auf!", befahl ich ebenfalls völlig außer Atem, doch da riss schon einer der Männer seine Keule aus dem Gürtel, bei der der Keulenkopf aus einem mit Rohhaut umwickelten und locker am Griff befestigten Stein bestand, und schwang sie über Rosannes Kopf. Sie schrie auf und rollte zur Seite, und im nächsten Moment zerrte sie ein weiterer Krieger wieder auf die Füße.

Der Krieger, der immer noch die Keule hielt, funkelte mich wütend an, und ich erkannte ihn als denjenigen, der mich an den Haaren vom Wagen gerissen hatte. Offenbar hatte er es *Ko Pigą`* sehr übelgenommen, dass dieser mich für sich beansprucht hatte. Doch dann liefen die Männer wieder weiter, und wir waren gezwungen, mitzuhalten.

Die Dunkelheit hatte sich bereits über das Land gesenkt, als wir endlich in einer sandigen Stelle inmitten eines weitläufigen Felsengewirrs Halt machten. Zwei Apachen huschten sofort zu erhöhten Stellen – augenscheinlich, um nachzuprüfen, ob wir verfolgt wurden – die anderen stießen uns achtlos zu einigen hohen Felsen. Rosanne und ihre Mutter brachen wie bewusstlos zu Boden und blieben reglos liegen, und ich musste alle Willenskraft aufbringen, um es ihnen nicht nachzutun. Beherrscht, aber halb ohnmächtig vor Schwäche, ließ ich mich langsam mit dem Rücken zu einem noch vom Tag warmen Felsen niedersinken.

Meine Füße schmerzten so heftig, dass ich mir nicht sicher war, ob ich sie jemals wieder würde aus den Stiefeln herauslösen können. Es fühlte sich an, als ob ich mir jeden Fingerbreit Haut blutig gerieben hätte. Zwar waren meine Fußsohlen vor Dornen und Kakteen geschützt geblieben, aber meine harten Stiefel waren nicht für einen Tagesmarsch geeignet. Die Rohhautriemen hatten meine Handgelenke wund gescheuert, da ich mich bei Stürzen immer wieder mit beiden Händen hatte abfangen müssen. Meine Finger waren so angeschwollen, dass der Verlobungsring von Major Rolfe tief in meine Haut einschnitt. Jeder noch so kleine unbedeckte Fleck meiner Haut war von der Sonne verbrannt. Mein Kopf schien vor Hitze und Durst platzen zu wollen, mein Mund und Rachen waren völlig ausgedörrt, und langsam spürte ich auch den nagenden Hunger, den die Benommenheit bisher noch zurückgedrängt hatte.

Wahrscheinlich war ich aus meiner sitzenden Stellung zusammengesunken, denn nur wenig später fand ich mich halb liegend auf dem bereits erkalteten Sand wieder. Allmählich wich die Glut des Tages aus meinem Körper, ich begann haltlos in der Kälte der Nacht zu zittern. Die Apachen hatten ein kleines, rauchloses Feuer im sandigen Talgrund entzündet, und dem Geruch nach briet darüber ein kleines Tier. Mein Magen krampfte sich schmerzhaft vor Hunger zusammen.

Ganz langsam richtete ich mich wieder in eine sitzende Stellung auf und beobachtete die lagernden Apachen. Ich wollte eigentlich um Wasser bitten, doch eigentlich wollte ich es auch wieder nicht. Ich wollte, dass sie sich daran erinnerten, dass auch ich ihnen Wasser gegeben hatte, als sie gefangen gewesen waren. Ich wollte, dass sich *Ko ʔigą`* an den Porzellansplitter erinnerte, der ihn – so wie ich es beabsichtig hatte – vor dem Tod bewahrt hatte, als er auf unserer Ranch gefangen genommen worden war. Ich wollte, dass sie sich an die Decken erinnerten, die ich für ihre Frauen und Kinder erzwungen hatte, als ich jetzt immer heftiger zu zittern begann.

Ko ʔigą`, der mit den anderen Kriegern am Feuer saß, hob den Kopf und blickte zu mir herüber. Vielleicht waren meine Gedanken so stark gewesen, dass er sie, als seien sie auf meine Stirn geschrieben, lesen konnte, vielleicht war es aber auch nur so nachvollziehbar, was ich wollte.

31

Jedenfalls stand er auf, trat zu mir und reichte mir ein Stück Fleisch, augenscheinlich der Schenkel des Tieres. Mit zitternden, immer noch gefesselten Händen nahm ich es, und obwohl es wenig Nahrung und noch nicht ganz durchgebraten war, biss ich sofort gierig hinein. Doch dann ermahnte ich mich, langsam zu essen, um meinem Magen eine größere Menge vorgaukeln zu können.

Der Krieger war neben mir stehen geblieben und reichte mir nun, da ich jeden der winzigen Knochen peinlich genau abgenagt hatte, einen kleinen Beutel, in dem sich noch ein Schluck warmes, nach Leder schmeckendes Wasser befand. Ich trank es ebenso langsam und behutsam, wie ich das Fleisch gegessen hatte. Doch nun näherte sich der andere Mann, der mich zuerst als Beute beansprucht hatte. Er sprach wütend auf *Ko ʔìgą̀* ein und zog einen weiteren Riemen hervor, um mir die Fußgelenke zu fesseln, doch *Ko ʔìgą̀* hinderte ihn daran. *Ko ʔìgą̀* erzählte mir später, der Krieger habe vermutet, ich könnte nachts entfliehen, da ich immer noch meine Schuhe besaß und zu essen erhalten hatte. Tötendes Feuer jedoch wollte davon nichts wissen, da ich ebenso erschöpft war wie die beiden anderen Frauen und den Weg zurück niemals finden würde. Tatsächlich verspürte ich überhaupt kein Verlangen, die Nacht hindurchzulaufen, und ich war sehr dankbar, von den Fußfesseln verschont worden zu sein.

Die beiden Männer traten nun zum Feuer zurück, und mit meinem sonnendurchglühten Verstand wurde mir jetzt erst klar, dass die Apachen selbst auch keine Decken mitgenommen hatten, von denen ich eine hätte beanspruchen können. Sie trugen nichts anderes bei sich als ihre Waffen und vielleicht je noch einen Beutel mit Trockenfleisch und Wasser. Nun aßen nacheinander alle der Krieger, und zwei verschwanden sofort wieder in der fast vollständigen Schwärze, die uns umgab, um Wache zu halten. Die anderen schoben die Asche des nun heruntergebrannten Feuers zur Seite, breiteten Gras und Äste darüber und legten sich auf die warme Erde. Ich hingegen fühlte mich so zerschlagen und müde, als ob eine gewaltige Schwere mich bis zum Mittelpunkt der Erde ziehen wollte. Und indem ich dieser Schwere nachgab und zu fallen schien, schlief ich augenblicklich ein.

****

Ich erwachte von einer harten Fußspitze, die kurz nach Anbruch der Morgendämmerung mehrfach schmerzhaft in meine Seite gestoßen wurde. Immer noch benommen, steif vor Kälte und zittrig vor Schwäche stützte ich mich auf die Unterarme und öffnete mühsam die Augen. Mein ganzer Körper schmerzte, als wäre ich geprügelt worden, und als ich meine Füße bewegte, war es, als ob glühende Flammen von meinen Sohlen bis hinauf in meinen Nacken schossen. Es schien unmöglich, dass ich je wieder auf meinen Beinen stehen konnte, doch man packte mich mit festem Griff am Arm und zog mich hoch. Als ich auf meinen Füßen stand, brach ich fast wieder zusammen, doch der gleiche harte Griff hielt mich aufrecht.

Während ich um Fassung rang, sah ich, wie man Rosanne und Mrs. Eden in die Höhe zerrte. Beide sahen zerzaust, verschmutzt und elend aus, und mir wurde klar, dass ich einen ebenso erbärmlichen Anblick bieten musste. Als Mrs. Eden wieder zu Boden fiel, wurde sie unbarmherzig mit Schlägen und Tritten bearbeitet, bis sie wieder stand. Dann liefen unsere Fänger weiter und stießen uns vor sich her, und nachdem ich die ersten Schritte getan hatte, wollte ich nur noch sterben.

Ich starb nicht. Die Schmerzen fluteten über mich hinweg, durch mich hindurch, höhlten mich vollkommen aus. Ich schien nur noch aus Schmerzen und einem Gedanken zu bestehen – *bleib am Leben*. Und plötzlich fühlte ich diese Worte in mir widerhallen, so fern und vergangen, so unbegreiflich und fremd. Hatte ich diese Worte nicht zum ersten Mal ausgesprochen, als Soldaten ein Apachendorf überfielen, als ich Angst um *Ko Ꞌigą*'s Leben hatte? Hatte ich sie nicht in mir gehört, als die Soldaten den erschöpften Rest der Flüchtlinge ins Fort brachten? Als ich *Ko Ꞌigą*' den Splitter zusteckte, damit er nicht aufgehängt wurde? *Bleib am Leben*. Wozu?

Ich klammerte meinen Blick an den vor mir laufenden Mann, da ich an diesem Tag als erste der Gefangenen ging. Jede einzelne Bewegung, jeder Aufprall meiner Fußsohlen am Boden schickte Höllenqualen durch meinen Körper, und oftmals schauderte ich wie unter Fieber, trotz der allmählich wieder steigenden Wärme des Tages. Das Land wurde mehr und mehr in das Licht des Sonnenaufgangs getaucht, das dunkle Blau des Himmels verblasste, und mit wachsender Panik dachte ich an die Hitze, die dieser Himmel bringen würde. *Bleib am Leben.*

Jede Sekunde zwang ich mich, weiterzugehen, den nächsten Schritt, den nächsten. Bemühte mich, nicht zu fallen, zu stürzen. *Nicht weinen, Wasser ist kostbar. Nicht klagen, jeder zusätzliche Atemzug ist verschwendet und verloren.* Hatte ich am gestrigen Tag noch versucht, mir die Himmelsrichtung des Marsches zu merken, so verschwamm an diesem Morgen die Landschaft vor meinen Augen, und ich war kaum fähig, den nächsten Schritt zu sehen. *Nicht durch den Mund atmen, nicht husten. Nicht umknicken, ein verstauchter Knöchel könnte das Todesurteil sein. Bleib am Leben.*

Gegen Mittag stieg das Gelände an, und so außer Atem, wie ich war, wurde mir übel vor Anstrengung und Schmerzen, als die Apachen uns den steinigen Weg hinauftrieben. Diesmal war es Rosannes Mutter, die fiel und ein paar Schritte den Hang hinunter rollte, wo sie elend, zerkratzt und verweint liegen blieb, bis einer der Männer sie wieder in die Höhe zog. Sie stöhnte und schrie, und Rosanne, die ihrer Mutter zu Hilfe kommen wollte, wurde in das Handgemenge verwickelt.

Ich war stehen geblieben, schöpfte Atem und sah hinunter auf die zwei Frauen, die von den Apachen zum Weitergehen gezwungen wurden. Dabei traf mein Blick *Ko ʔìgą̀*, der unbeteiligt dabeistand, und ich legte alle meine Fragen, alle meine Wut, mein Unverständnis und meine Angst in diesen Blick. Wie konnte das nur geschehen sein, nach all unseren Begegnungen, nach all den heimlichen Treffen, nach all dieser Gefahr, in der wir uns befunden hatten? Wieso stand ich nun hier, gefesselt inmitten dieser erbarmungslosen Wildnis, gefangen von den Menschen, denen ich so vertraut hatte?

Bonito Lake, New Mexico (©VE)

2. DER SEE

An diesem Abend lagerten wir oben in den Bergen. Die letzten Stunden des Marsches waren wir durch wohltuend kühle Wälder gelaufen, federnder Nadelboden unter uns, und tiefe Schatten über uns. Die Hitze des Tages und der kahlen Berghänge hatte mich fast zur Bewusstlosigkeit getrieben, mein Schädel schmerzte unerträglich, meine Augen tränten vor Trockenheit und Hitze, und ich konnte mich vor Schwäche kaum mehr auf den Beinen halten. Aber noch war ich nicht gestürzt, ich hatte nicht gejammert oder geklagt, ich hatte nicht wieder in die Höhe gezerrt werden müssen.

Jetzt, da wir anhielten, blieb ich schwankend stehen und blickte zu Rosanne und Mrs. Eden zurück, die eben mit hängenden Köpfen und zerfetzter Kleidung auf die Waldlichtung stolperten. Durch die locker stehenden Pinien konnte ich in kurzer Entfernung das funkelnde Wasser eines Waldsees sehen. In der Kühle der Abendluft schmeckte ich die Feuchtigkeit. Über allem, was wir sahen, dachten und hörten, herrschte die bohrende Frage, wie es weiter gehen würde, was mit uns geschehen würde. Bevor wir in den Pinienwald gelangt waren, waren drei der acht Apachen abgeschwenkt und bisher nicht wieder aufgetaucht. Sie hatten eines der Pferde mitgenommen und einige der Beutestücke. Waren sie gegangen, um mögliche Verfolger zu verwirren? Gehörten sie zu einer anderen Apachengruppe und hatten sich nur kurzfristig dem Raubzug angeschlossen? Kehrten sie zurück? Wohin gingen wir?

Ein schrilles Aufwiehern und ein schwerer Fall rissen mich aus meiner Lethargie. Zwei der Apachen hatten das verbliebene Pferd mit einem Messer getötet, und der leblose Körper war zu Boden gefallen. Nun machten sich die Männer daran, das Tier zu schlachten, ein junger Krieger entfachte ein Feuer, und ein zweiter schnitt lange Zweige aus einem Gebüsch. Keiner der Männer beachtete uns, sie glaubten wohl zu Recht, dass keiner von uns einen weiteren Schritt tun würde. Rosanne und ihre Mutter waren beide in die Knie gesunken, die Köpfe auf ihre gefesselten Hände gestützt und ohne eine weitere Regung. Ich selbst befürchtete, wenn ich mich hier hinsetzen oder -legen würde, wäre ich nie wieder fähig, mich zu erheben.

Ko Ẕigą` trat zu mir und schnitt, ohne mir in die Augen zu sehen, meine Handfesseln auf. Die Rohhautschnur war rot von meinem Blut, und die Striemen an meinen Handgelenken waren mit Sand und Schmutz verkrustet. Meine Schultern schmerzten davon, beide Hände zwei Tage lang in dieser Stellung halten zu müssen, aber es war eine Erleichterung, wenigstens diese Behinderung los zu sein. Vorsichtig streckte ich meine Arme und meinen Rücken und schloss für eine Sekunde die Augen. Sofort begann ich zu schwanken und riss die Augen wieder auf.

Keiner machte Anstalten, Rosanne und ihrer Mutter die Fesseln zu lösen. Auch wagte ich keinen Blick auf ihre Fußsohlen zu tun. Ich begann zu begreifen, dass ich die wenigen Vergünstigungen, die ich genoss, dem Tötenden Feuer zu verdanken hatte – wie die Tatsache, dass ich beim Aufteilen der Beute von ihm gefordert worden war.

Nur zwei Schritte entfernt in Richtung des Sees sah ich einen mit Nadeln übersäten Platz im Halbschatten und ließ mich nun doch vorsichtig dort nieder. Verschwommen beobachtete ich, wie einer

41

der fünf Apachen ein Stück des Weges zurückging und etwas aus einem kleinen Beutel zog, den er bei sich trug. Ich hörte ihn leise singen und sah ihn etwas in die Luft streuen, dann zeichnete er mit den Fingern in den weichen Waldboden und wandte sich wieder dem Lager zu. *Ko Ñgą`* erzählte mir später, dass dieser Mann mit Pollen und einem besonderen Lied dafür gesorgt hatte, dass eventuelle Verfolger unsere Spur verloren und dies auch am ersten Abend schon getan hatte, ohne dass ich es gesehen hatte.

Schon briet Fleisch über dem Feuer, und ich ahnte, dass ich nur etwas zu essen erhalten würde, wenn ich wach blieb. Also lehnte ich mich an den rauen Stamm einer Pinie und beobachtete die Männer. Und wieder die Frage: wie ging es weiter? Ich war zum Sterben müde, und die Erschöpfung brannte in mir wie körperlicher Schmerz. Was würde mit mir geschehen, wenn ich nicht mehr weiterlaufen konnte? Wenn Hunger und vor allem Durst ihren Tribut fordern würden? Würde man mich erschlagen? Würde *Ko Ñgą`* mich töten?

Ich spürte, wie mein Kopf nach vorne sank und riss mich gewaltsam hoch. Einen Moment lang schöpfte ich tief Atem, doch dann fasste ich einen Entschluss. Ich war noch nicht bereit, zu sterben. Ich konnte nicht wissen, was die Krieger mit mir vorhatten, aber ich wollte nicht hilflos darauf warten. Deshalb stemmte ich mich am Stamm abstützend wieder auf die Füße, ging ganz langsam und taumelnd an den Männern vorbei und auf den im Abendlicht schimmernden See zu. Am Ufer musste ich eine Hand vor die Augen halten, so sehr blendete mich der Sonnenuntergang auf der spiegelnden Oberfläche, aber die kühle Luft über dem Wasser umfing mich wie ein leichter Mantel. Obwohl ich kaum auf den Füßen stehen konnte, bückte ich mich nieder und tauchte eine Hand ins Wasser.

Es war, als ob mir ein neues Leben geschenkt worden wäre. Hier kauerte ich, sonnendurchglüht, zerschunden, ausgehungert und von Schmerzen geschüttelt, aber das Gefühl des Wassers auf meiner Hand ließ mich vor Glückseligkeit die Augen schließen. Ich lebte, ich hatte überlebt. Ich würde nicht aufgeben. Langsam öffnete ich meine Handfläche, schöpfte Wasser und trank. Es schmeckte etwas moorig, aber ich hätte es wohl auch getrunken, wenn es offensichtlich vergiftet gewesen wäre. Ich trank und trank, bis mir klar wurde, dass hinter mir im Wald zwei Frauen lagen, die ebenso durstig waren wie ich.

Was sollte ich tun, ich hatte nichts, um das Wasser zu tragen? Gedankenverloren zog ich den zerrissenen Saum meines Unterrocks aus dem Wasser und fuhr mir mit dem nassen Stoff über die Handgelenke und Arme, tauchte ihn wieder ein und legte ihn mir über mein sonnenverbranntes Gesicht. Das Wasser lief mir den Hals und den Oberkörper hinab, und da wurde mir klar, dass ich mit dem Stoff Wasser transportieren konnte. Noch einmal trank ich ausgiebig und schöpfte mir Wasser über die Hände und das Gesicht, dann riss ich einen großen Streifen Stoff aus meinem Unterrock, faltete ihn mehrfach und drückte ihn unter Wasser. Mehrmals wusch ich ihn aus, dann aber nahm ich ihn so triefend nass, wie ich konnte, in die Hände und erhob mich.

Ich sah Lichter vor meinen Augen vor Schmerzen, doch ich zwang mich, den ganzen Weg zurück so schnell wie nur irgendwie möglich zu gehen. Einmal strauchelte ich und wäre fast gefallen, doch ich konnte mich auf meinen wunden Füßen fangen. Die Apachen blickten nicht auf, als ich an ihnen vorüberschritt, und ich hatte auch keine Zeit, an sie zu denken. Bei Rosanne angekommen fiel ich atemlos auf die Knie und stieß sie an.

„Wasser", keuchte ich, mit meinen Kräften am Ende, und drückte ihr das nasse Tuch an die Lippen. Sie reagierte sofort und biss fast in den Stoff vor Verzweiflung, als ich auch ihrer Mutter Erleichterung bringen wollte. Denn ich wusste, ich würde den Weg nicht nochmal gehen, nicht heute. Schließlich hatten beide Frauen wenigstens einige Schlucke Wasser nehmen und sich das feuchte Tuch über Gesicht und Nacken legen können, und ich fiel vor Erschöpfung zurück.

Inzwischen war es dunkel geworden, und der Geruch von gebratenem Fleisch wehte zu mir herüber. Wieder war es nach einer Weile *Ko ʔigą`*, der mit einem diesmal größeren Stück Fleisch zu mir kam und sich vor mir niedersetzte. Er zog sein Messer und schnitt Stücke von dem Fleisch, die er abwechselnd selbst aß oder mir reichte. Er sprach kein Wort, sah mich kaum an, doch er blieb sitzen, bis auch das letzte Stück verzehrt war. Dann wischte er sein Messer am Waldboden ab, erhob sich und ging zurück zum Feuer. Rosanne und ihrer Mutter hatte niemand etwas gebracht. Ich legte mich nieder, ein wenig in meinem feuchten Kleid zitternd, doch dies nahm ich nur kurz wahr. Wenige Augenblicke später war ich eingeschlafen und kämpfte mich durch sinnlose Träume, bis ich von hellem Sonnenlicht geweckt wurde.

****

Verwirrt öffnete ich beide Augen und tat einen tiefen Atemzug. Weshalb hatte man es mir erlaubt, so lange zu schlafen? Hatte man mich zurückgelassen? Bei diesem Gedanken schreckte ich in die Höhe und blinzelte in das von Bäumen durchbrochene Licht. Die kleine Lichtung war tatsächlich auf den ersten Blick bis auf die schwelenden Überreste des Feuers und den Rest des Pferdekadavers leer. Auf den zweiten Blick jedoch sah ich *Ko Ꝑigą`* zwischen den Bäumen am Seeufer stehen. Er schien meinen Blick gespürt oder vielleicht auch meine jähe Bewegung gehört zu haben, denn er wandte sich zu mir um.

„Wir gehen heute nicht weiter. Wir werden einige Tage hierbleiben", sagte er zu mir auf Spanisch.

Immer noch verwirrt mühte ich mich, auf die Füße zu kommen. Während ich mich am Stamm eines nahestehenden Baumes hochzog, blickte ich mich abermals um. Die übrigen vier Apachen waren tatsächlich fort, und mit ihnen Rosanne und ihre Mutter. Ich konnte damals nur vermuten, dass die Apachen sich nach einem Überfall rasch zerstreuten, die Beute aufteilten und in kleinen Gruppen in dem unwegsamen Land verschwanden, was eine Verfolgung so gut wie unmöglich machte.

Erst viel später erfuhr ich, was mit Rosanne und Mrs. Eden geschehen war. Die Apachen hatten die beiden weit nach Süden geführt und als Sklaven in ihrer Gruppe behalten. Ein halbes Jahr später hatten mexikanische Soldaten ein Apachendorf aufgespürt und attackiert. Die Apachen waren getötet worden oder geflohen, aber die beiden Gefangenen konnten befreit werden. Beide waren entsetzlich abgemagert gewesen und trugen viele, nicht verheilte Wunden am Leib. Eine Missionarsfamilie nahm sie beide auf und pflegte sie, bis sie zu einer Reise fähig waren. Mrs. Eden jedoch überlebte die Misshandlungen der Gefangenschaft nicht und starb zwei

Wochen nach ihrer Befreiung. Rosanne reiste schließlich nach ihrer Genesung in Begleitung zweier Missionarsfrauen nach Norden. Nur wenige Zeit später verließ sie die kleine Stadt, in der sie bisher mit ihren Eltern gelebt hatte, und zog in den Osten. Ich hörte nie wieder von ihr.

Mit schwankenden Schritten ging ich auf das Ufer des Sees zu. Die Schwäche und Schmerzen in meinen Füßen überwältigten mich fast, doch ich wusste, wenn ich fallen würde, würde ich nicht wieder aufstehen können. Mein Gesicht brannte wie Feuer, die Sonne musste mich vollkommen versengt haben. Jeder Fingerbreit meines Körpers schmerzte, pochte, brannte oder zitterte, und ich fürchtete, jeden Augenblick ohnmächtig zu werden. Mit äußerster Beherrschung erreichte ich das sandige Ufer, watete ein paar Schritte hinein und setzte mich auf einen großen runden Stein nieder, der im seichten Wasser lag.

Vorsichtig beugte ich mich vornüber und begann mit qualvoll langsamen Bewegungen, die Schnürsenkel meines rechten Stiefels zu lösen. Rasch und flach atmend zog ich den Stiefelschaft weiter auseinander, dann biss ich so heftig die Zähne zusammen, dass sich meine Kiefermuskeln verkrampften, und zog den Stiefel von meinem Fuß. Ich konnte nicht verhindern, dass mir stumme Tränen über die Wangen rollten, so durchdringend und flammend waren die Schmerzen, die mich durchzuckten. Ich warf mit geschlossenen Augen den Kopf in den Nacken, als ich den Schuh und die Überreste der zerrissenen Strümpfe von meinem wunden Fuß löste. Der Anblick des aufgescheuerten, blutigen Klumpens, der einmal ein gesunder Fuß gewesen war, war unbeschreiblich, und ich zitterte heftig, als ich den Stiefel ins Wasser fallen ließ. Vorsichtig und auf das Schlimmste gefasst stellte ich den Fuß ins Wasser, das sich sofort rot färbte.

Als ich wieder Atem geschöpft und das Gefühl gewonnen hatte, dass es nicht schlimmer werden könnte, löste ich auch den zweiten Strumpf und Stiefel, warf beides ins Wasser und stellte auch meinen linken Fuß in den See. Immer noch liefen mir Tränen über das Gesicht, als ich plötzlich bemerkte, dass *Ko ʔìgą`* nach wie vor hinter mir am Ufer stand. Ich blickte mich langsam zu ihm um und fragte mich in meinem betäubten Gehirn, was er wohl bei meinem Anblick dachte. Aber er sah mich nur stumm an, und ich begann zu zweifeln, ob er überhaupt so etwas wie Mitleid empfinden konnte.

„Ich würde gerne schwimmen", sagte ich plötzlich auf Spanisch, und ohne überhaupt im Geringsten darüber nachgedacht zu haben. Doch als die Worte gefallen waren, war mir klar, dass es wirklich das war, was ich wollte, zerrissen und verstaubt, wie ich war. *Ko Pigą`* jedoch schien meinen Wunsch weder ungewöhnlich zu finden, noch machte er Anstalten, mich daran zu hindern. Er nickte nur kurz und wandte sich um. Ich sah ihn in den Wald treten und im Dunkel der Bäume verschwinden. Flüchtig erinnerte ich mich an das Bad mit den Frauen im Apachenlager am Morgen, und mir wurde klar, dass er außer Sichtweite bleiben würde, bis ich fertig war. Ich war tatsächlich allein.

Es dauerte einen Moment, bis ich dies begriffen hatte, dann aber schöpfte ich wieder tief Atem und begann, mein Kleid aufzuknüpfen. Mühsam schälte ich mich aus dem Oberteil, schob immer noch sitzend den Rock nach unten und ließ das Kleid ins Wasser fallen. In meiner verstaubten Unterkleidung saß ich einen Moment auf dem Stein und spürte die heißer werdende Sonne im Nacken. Mit zitternden Händen löste ich mein Haar aus den Resten meiner Frisur. Dann stemmte ich mich bebend in die Höhe und fühlte mit jedem Augenblick die zunehmende Belastung auf meinen verletzten Füßen. Wäre der Boden nicht sandig gewesen, ich hätte keinen Schritt tun können.

Vorsichtig und jede Bewegung überlegend setzte ich einen Fuß vor den anderen, um nicht auf einen Stein oder auch nur ein Stück Holz zu treten. Nach wenigen Schritten ging mir das Wasser bis zu den Knien, und nur kurze Zeit später ließ ich mich einfach nach vorne in den See fallen. Das Wasser schlug über mir zusammen, und einen Moment lang waren die Kühle und Feuchtigkeit so überwältigend, dass ich mich zum Grund des Sees sinken lassen wollte. Ich fühlte, wie das Wasser meine Kleidung und mein Haar durchdrang, und mich im Wasser auf den Rücken drehend tauchte ich wieder auf.

Mit nie verlernten Bewegungen schwamm ich ein Stück in den See hinaus und sah mich dann um. *Ko ?igą`* stand nirgendwo am Ufer, und auch weiter entfernt konnte ich ihn nicht sehen. Ich legte den Kopf in den Nacken und begann, mein langes Haar mit den Händen im Wasser zu bewegen, um den Sand und den Schmutz auszuwaschen. Ich versuchte, den Sand aus meiner Kleidung zu schütteln und mit ihm die Hitze aus meinem Körper zu vertreiben. Meine Füße berührte ich nicht, denn ich war mir sicher, dass die Schmerzen mich ohnmächtig werden lassen würden. Allein die Berührung des sich bewegenden Wassers schickte immer wieder Feuerzungen durch meinen ganzen Körper.

Schließlich schwamm ich langsam und vorsichtig zum Ufer zurück. Je eher ich wieder am Ufer war, desto eher musste ich wieder stehen, und im Augenblick konnte ich mir nicht vorstellen, dass dies je wieder möglich sein würde. Ich schwamm, solange ich konnte, dann stellte ich mich ganz behutsam auf meine Füße und hatte kurz den Eindruck, dass die Schmerzen etwas nachgelassen hatten. Doch als ich wieder bei dem runden Stein angekommen war, schauderte ich und setzte mich dankbar ab.

Mein Kleid trieb immer noch im ufernahen Wasser, ich schwenkte es ein paar Mal hin und her, um auch hier den meisten Sand und Staub auszuwaschen, wrang es dann gründlich aus und versuchte unbeholfen, mich anzukleiden. Als ich dann endlich wieder angezogen auf dem Stein saß und meine Fußsohlen vom sandigen Untergrund hob, getraute ich mich auch zum ersten Mal, meine Füße genauer zu betrachten. Das Wasser hatte sie sauber gewaschen, und nun schien mir ihr Anblick gar nicht mehr so erschreckend. Die Kühle hatte die Schmerzen etwas betäubt, aber ich war mir völlig sicher, dass ich meine Stiefel nicht mehr würde gebrauchen können.

Ein Schatten fiel über mich, und als ich aufblickte, sah ich den Apachen hinter mir stehen, gerade am Ufersaum des Sees. Im ersten Moment dachte ich daran, dass die nasse Kleidung an mir kleben musste wie eine zweite Haut, und dass es eine höchst unschickliche Situation sein musste, im zweiten Augenblick jedoch fiel mein Blick auf seine Hände. Es dauerte einen Moment, bis ich erkannte, was er mitgebracht hatte – mehrere von ihren Stacheln befreite und geschälte Kaktusblätter. Er nickte zu meinen Füßen hinunter, und ich verstand, dass der Kaktus die Heilung beschleunigen sollte. Kakteen? Wieder nickte er mit dem Gesicht zu mir und dann zum Ufer – ich hatte schon festgestellt, dass Apachen nicht mit den Fingern deuteten – und mir wurde klar, dass ich diesen Verband natürlich an Land anlegen musste.

Mühsam erhob ich mich und tat einige unbeholfene Schritte zum Ufer hin. Als ich einen Augenblick strauchelte, fasste der Mann mich überraschend fest am Oberarm und half mir das sandige Ufer hinauf. Im Schatten des Waldes angekommen setzte ich mich auf den Boden und beobachtete *Ko Ꝑigą`*, der die Kakteen auf einen umgestürzten Stamm gelegt hatte und nun wieder zum See schritt. Von einer anderen Stelle des Ufers holte er lange Streifen aus dem Wasser, und als er nähertrat, sah ich, dass er die Haut des geschlachteten Pferdes in Streifen geschnitten und eingeweicht haben musste. Ich wusste, dass Rohhaut sich in nassem Zustand recht gut formen ließ, aber ich war mir nicht sicher, ob ich wirklich ausreichend geübt mit dem Material umgehen konnte.

Ko Ꝑigą` brachte einen Beutel mit Wasser, damit ich den Sand und die Nadeln, die mittlerweile wieder an meinen Sohlen klebten, abwaschen konnte, und danach reichte er mir nacheinander mehrere Kakteenblätter. Ich legte sie ungeschickt von allen Seiten auf meine Füße und schlang einen Rohhautstreifen wie einen lockeren Verband darum. Vorsichtig stellte ich den verbundenen Fuß wieder auf den Waldboden und verfuhr mit dem anderen ebenso. *Ko Ɂìgą`* nickte zufrieden, trat wieder zum Ufer und ließ mich in all meiner Verwirrtheit zurück.

Im Chaco Canyon, New Mexico (©VE)

56

3. WEGE

Wir blieben tatsächlich zwei Tage an dem kleinen Bergsee und ernährten uns von dem Fleisch des gestohlenen Pferdes. *Ko Ɂìgą`* ließ mich auch am nächsten Morgen schlafen, bis ich erwachte, dann verschwand er im Wald und auf der Hochebene, um die Kakteenblätter zu holen und kehrte erst wieder, wenn ich mein Bad im See beendet hatte. Danach erneuerte ich den Verband mal mit Rohhautstreifen, und mal mit den Resten meiner Unterkleidung, die ich beim zweiten Bad schließlich gänzlich ausgezogen hatte. Ich zerriss sie einerseits, da ich wusste, dass *Ko Ɂìgą`* sich wirklich von mir fernhalten würde, während ich badete, und andererseits, weil ich mehr und mehr das Gefühl hatte, dass Unterkleidung mir hier in der Wildnis nicht helfen konnte. Einen Teil der Kakteen verwendete ich auch für mein verbranntes Gesicht, und sowohl an der Haut meines Gesichts als auch an meinen Fußsohlen spürte ich die ersten Anzeichen der Heilung.

Tagsüber verschwand der Apache oft und kehrte erst nach Stunden zurück; nie schien er zu befürchten, ich könne nicht mehr da sein. Meist saß oder lag ich auf dem weichen Waldboden, genoss die Ruhe und fühlte, wie sich mein erschöpfter Körper und mein verwirrter Geist beruhigten. Meine Gedanken waren wie kleine Vögel, die flatterten und sich an keinem Punkt niederlassen wollten – wie aus Angst, an der falschen Stelle zu verweilen. Wenn die Sonne unterging, brieten wir ein größeres Stück Fleisch und legten uns an dem kleinen Feuer zum Schlafen nieder, jeder auf einer Seite.

Nur etwas tat ich, sobald meine körperliche Erschöpfung ein wenig nachgelassen hatte – ich zog Major Rolfes Ring von meinem Finger und vergrub ihn unter dem Baum, unter dem ich schlief. Zuerst war ich einfach nur dankbar gewesen, dass meine Finger wieder so weit abgeschwollen waren, dass ich den Ring entfernen konnte, doch dann wurde mir klar, dass ich ihn nicht wieder anziehen würde. Mit dieser Entführung, so wusste ich, war eine Rückkehr in mein früheres Leben unmöglich geworden, und weshalb sollte ich ihn aufheben? War ich mir doch nicht einmal sicher, dass ich je wieder in die Welt zurückkehren konnte, aus der ich gerissen worden war. Und deshalb scharrte ich ein wenig Nadeln und Erde unter dem Baum fort und legte den Ring darunter. Ich fühlte nur einen kurzen Schmerz des Bedauerns, als wir schließlich den Platz verließen.

Der Apache und ich sprachen wenig miteinander, bis der zweite Tag sich neigte und *Ko ʔigą`* ein kleines rauchloses Feuer zwischen den Bäumen entzündete. Ich ahnte vage, dass wir nicht mehr lange bleiben würden, denn das tote Pferd begann in der Sonne bereits zu stinken. Bald würde ich von dem Tier nichts mehr essen wollen. Immer noch humpelnd trat ich näher, setzte mich vorsichtig ihm gegenüber an das Feuer und schlang beide Arme um meine Knie. Ich wartete eine Weile, blickte den Mann dann ruhig an und fragte schließlich leise:

„Wohin gehen wir?"

Er nahm sich Zeit, zu antworten, schob noch einen Ast ins Feuer und erwiderte schließlich:

„In mein Dorf."

„Wo ist es?"

Ko ʔìgą̀ machte eine undeutliche Handbewegung in Richtung der Berge im Süden.

„Warum habt ihr uns überfallen?"

Ko ʔìgą̀ antwortete erst nicht, sondern steckte ein Stück Pferdefleisch auf einen starken Ast und hielt ihn über das Feuer, das wegen des tropfenden Fetts laut aufzischte.

„Hätte ich gewusst, dass du auf dem Wagen bist, wäre ich nicht mitgegangen. Aber wir brauchten Waffen."

Nun sah er endlich zu mir hoch und gewahrte die feine Perlenschnur, die ich an diesem Tag zum ersten Mal über meinem Kleid trug.

„*Yắtí*', Er, der spricht, hätte dich getötet, da du ein Gewehr hattest, oder dich für sich gefordert. So musste ich es tun."

„Und nun?"

Zum ersten Mal seit dem Überfall sah ich den Anflug eines Lächelns auf seinem Gesicht.

„*Keh* wird sich freuen, dich zu sehen."

Völlig verwirrt schwieg ich einen Moment. Dann aber erwiderte ich heftig:

„Aber ich muss zurück! Man wird sich Sorgen um mich machen! Man wird mich suchen!"

„Der Soldat?"

Ich starrte ihn mit offenem Mund an. Major Rolfe war meinen Gedanken in den letzten Tagen so fern gewesen, dass es mir schien, ich hätte ihn in einem anderen Leben kennengelernt.

„Meine Eltern…", brachte ich nur heraus, und da wurde mir klar, dass sie wahrscheinlich seit Tagen Todesängste um mich ausstehen mussten. Mittlerweile musste der Wagen und Mr. Edens Leiche gefunden worden sein, und es musste auch langsam klar sein, wer uns überfallen und entführt hatte.

„Keiner wird das Dorf finden, es ist zu gut versteckt."

Eine Weile schwieg ich und rang mit mir, dann aber stellte ich die Frage, vor deren Antwort ich mich fürchtete:

„Als was gehe ich mit dir?"

Noch wieder dauerte es einen Augenblick, bis er antwortete. Er drehte das Fleisch langsam über dem Feuer und sagte dann:

„Du bist *Hàcké'isdząą*, Wütende Frau."

Verblüfft sah ich ihn an. Wütende Frau? Wie war ich zu diesem Namen gekommen? Generell hatte ich nicht den Eindruck, dass ich eine besonders gereizte oder jähzornige Frau war. Und eigentlich war dies auch nicht die Antwort auf meine Frage.

„Bin ich deine Gefangene?"

„Nein."

„So kann ich gehen?"

„Wenn du es möchtest."

Meine Verwirrung wuchs von Minute zu Minute. Ich war frei, zu gehen? Aber wie sollte ich das tun? Sollte ich morgen früh einfach aufstehen und gehen? Wie weit kam ich mit meinen verletzten Füßen? Wie fand ich Nahrung und Wasser? Fand ich den Weg? Meine Unentschlossenheit war mir anzusehen, denn wieder sah ich ein leichtes Lächeln auf *Ko Ìgą*'s Gesicht. Wir beide wussten, dass ich nicht gehen konnte, selbst wenn ich es gewollt hätte.

Das Schweigen dauerte ein wenig länger, dann aber fragte der Apache:

„Kannst du morgen früh laufen?"

Ich erinnerte mich, dass er selbst nach der Schussverletzung, die die Soldaten ihm zugefügt hatten, nach zwei Tagen wieder auf den Beinen gewesen war, aber dass ihm auch bewusst war, dass ich keine Apachin und längst nicht so abgehärtet war. Ich ahnte aber auch, dass ich nur wegen seiner rücksichtsvollen Behandlung noch am Leben war, und dass ich ihm dafür entgegenkommen musste.

„Ich werde es versuchen", sagte ich und hoffte, dass wir langsam gehen würden. Er nickte zufrieden, und mir wurde in dem Augenblick klar, dass ich morgen nicht bis Sonnenaufgang würde schlafen können.

****

Ich erwachte, als der Himmel ein fahles Graublau annahm. Der Wind hatte gedreht und eine kleine Rauchfahne des erlöschenden Lagerfeuers zu mir geblasen. Ich fühlte mich einigermaßen ausgeruht und wollte lieber selbst aufstehen, als geweckt zu werden. Außerdem wollte ich noch einmal im See baden, bevor wir unter Umständen wieder tagelang durch sandige Wüstengebiete gehen würden. Langsam wandte ich den Kopf und sah, dass *Ko Ꝑìgą`* nicht mehr am Feuer lag. Nur Augenblicke später sah ich seine Gestalt zwischen den Bäumen verschwinden und vermutete, dass auch er ein letztes Bad nehmen wollte.

Vorsichtig erhob ich mich. Meine Füße, die ich jeden Tag mehrfach gewaschen und frisch verbunden hatte, fühlten sich stündlich besser an. Ich ging langsam zum Ufer und setzte mich auf dem Stein nieder, auf dem ich bisher jeden Morgen meinen Verband abgenommen und mein Kleid ausgezogen hatte. Wieder wickelte ich die Reste meiner Unterkleidung von meinen Füßen, ließ die Verbände ins Wasser fallen und knöpfte mein Kleid auf. Als ich auch dieses in das seichte Wasser gleiten ließ und die ersten Schritte in den See machte, sah ich *Ko ʔìgą`* undeutlich an einem weit entfernten Ufer im Wasser. Unwillkürlich musste ich daran denken, in welch einer ungewöhnlichen Situation ich mich befand.

Seit Tagen war ich mit vielen und jetzt mit diesem Mann allein unterwegs, völlig abseits jeder anderen menschlichen Siedlung und im Grunde völlig schutzlos. Nichts in meiner ganzen Erziehung und in meinem bisherigen Leben hätte mich darauf vorbereiten können. Nach dem damaligen Wissen meiner Gemeinschaft blieben bei einem Apachenüberfall nur wenige Menschen am Leben, in den meisten Fällen Kinder. Gefangene Frauen erwartete laut Aussagen von Soldaten und den wenigen Augenzeugen ein schreckliches Schicksal, das aber nie genauer beschrieben wurde. Die größte Angst der Frauen war es natürlich, missbraucht und damit Sklavinnen oder Ehefrauen dieser „Wilden" zu werden. Berichte von Comanchenüberfällen auf texanische Siedlungen beschrieben solchen Missbrauch bereits während des Überfalls, und auch während der Gefangenschaft wurden die Frauen grausam behandelt.

Doch mich hatte keiner der Männer angerührt, weder mich noch Rosanne oder ihre Mutter. Selbst jetzt, da ich zwei Tage mit *Ko Pigạ`* allein am See gelagert, im See gebadet und nachts nur durch ein Feuer von ihm getrennt am Boden geschlafen hatte, hatte ich mich nie meiner Haut wehren müssen. Man hatte uns entführt, gefesselt, mit Schlägen und Stößen durch dieses Land getrieben, Nahrung, Wasser und Schlaf vorenthalten, und ich konnte sicher sein, dass es Rosanne und ihrer Mutter im Augenblick noch nicht viel besser ging. Aber als Frau war ich nicht berührt worden.

Ich tauchte ins Wasser und ließ mich treiben. Für einen Moment schloss ich die Augen. Ich durfte nicht weiter denken als bis morgen, nur diesen nächsten Tag erleben. Ich war aus meiner vertrauten Welt herausgerissen worden und musste nun versuchen, mich in dieser neuen Situation zurecht zu finden, wieder Boden unter den Füßen zu bekommen. Irgendwann würde ich wieder Halt haben, und dann konnte ich entscheiden.

Nur wenig später war ich wieder am Ufer, streifte mein nasses Kleid über, das ich ein letztes Mal gewaschen hatte, und fischte die Stoffstreifen für einen Verband aus dem Wasser. Ich wrang sie aus, sammelte die heruntergefallenen Kaktusblätter aus dem See und verband mich sorgfältig. Ich verwendete allen Stoff, den ich noch hatte, und die Rohhautstreifen, um meinen geschundenen Füßen genügend Schutz zu bieten, auch wenn ich befürchtete, dass es nicht lange helfen würde.

Kaum war ich wieder bei unserem Lagerplatz, da tauchte auch *Ko ʔìgą̀* zwischen den Bäumen auf, das Haar nass vom See. Er reichte mir ein Paar grobe, einfach genähte Lederschuhe, die er offenbar aus der Haut des Pferdes gefertigt hatte. Verblüfft gestand ich mir ein, dass ich nie auf die Idee gekommen wäre, die Männer würden selbst Kleidungsstücke herstellen können. Erst später erfuhr ich, dass dies zu den notwendigen Arbeiten während eines Kriegszugs gehörte.

Ich setzte mich nieder, löste die Rohhautstreifen von meinem Verband und zwängte meine mit Stoff umwickelten Füße in die Schuhe. Sie waren etwas eng, aber gerade deshalb würde ich in ihnen relativ guten Halt haben. Die Sohle bestand aus doppelter Rohhaut, was mich vor der steinigen, dornigen Landschaft schützen würde. Oberleder und der halbhohe Schaft waren einfach gegerbt und mit einem breiten Band versehen, sodass ich mir die Schuhe am Unterschenkel festbinden konnte.

Währenddessen trat der Apache zu einem Gestell aus Zweigen, das er am ersten Tag gemacht hatte, und nahm zahlreiche Streifen Pferdefleisch herunter, die er in der Hitze der letzten Tage getrocknet hatte. Dazu hatte er aus einem Stück Stoff, das ich mit aufwallendem Entsetzen als ein Kleid von Rosanne erkannte, welches sie im Gepäck gehabt hatte, einen schmalen Beutel gemacht. Er legte nun das Trockenfleisch hinein und reichte mir den Beutel. Den Darm des Pferdes hatte er ausgewaschen, mit Wasser gefüllt und trug ihn wie einen Schlauch um sich gewickelt mit sich. Augenscheinlich würden wir länger unterwegs sein, was meinen Mut sinken ließ.

Die Sonne war noch nicht aufgegangen, als wir aufbrachen. *Ko ʔìgą`* lief langsam aber mit einer erschreckenden Regelmäßigkeit und Ausdauer, die mir meine Schwäche deutlich vor Augen führte. Wir stiegen den Bergwald in großen Windungen hinab und gingen dann einen in der Morgensonne noch schattigen Talgrund entlang. Schließlich waren wir wieder auf der Ebene und wanderten stetig nach Süden. Gegen Mittag rasteten wir im Schatten eines Felsüberhangs, ich konnte essen und trinken und die verrutschten Verbände an meinen Füßen erneuern.

Während der ganzen Wanderung, die nun anders und vor allem langsamer gewesen war, hatte ich mehr Gelegenheit gehabt, die Landschaft, Pflanzen und Tiere und auch die Himmelsrichtungen wahrzunehmen. Wir waren seit dem Überfall immer weiter in Richtung Süden gelaufen. Ich ahnte, dass die Apachen in der Nähe der Grenze zu Mexiko mehr Schutz vor Verfolgung hatten. Ich ahnte aber auch, dass diese Tatsache meine Rettung verkomplizieren würde.

Am Nachmittag waren die Schmerzen in meinen Füßen kaum mehr auszuhalten, und mit wachsender Panik befürchtete ich, dass die wenigen Heilungserfolge mit diesem einzigen Tag zunichte gemacht worden waren. Immer wieder strauchelte ich und kam schmerzhaft auf meinen verletzten Sohlen auf, und immer wieder bemühte ich mich, nicht aufzuschreien. Natürlich wurde ich langsamer, und obwohl *Ko ʔìgạ`* vermutlich alle Geduld aufbrachte, zu der er fähig war, wurde der Abstand zwischen uns immer größer. Er schien bis zum Abend an einem bestimmten Ort sein zu wollen, und als ich endlich kurz nach Sonnentergang um eine noch vor Wärme strahlende Sandsteinwand bog, erwartete er mich bereits.

Am Fuß der Felswand hatte er mit trockenen Ästen, die vermutlich vor längerer Zeit einmal eine durch einen Gewitterregen verursachte Flut hier angespült hatte, ein kleines Feuer entzündet, und dankbar ließ ich mich daran niedersinken. Als ich die Lederschuhe auszog, waren die Stoffbandagen an meinen Füßen staubig und blutverkrustet, und ich machte mich mit zitternden Händen daran, die Verbände zu entfernen. Doch

69

da ich keine hartsohligen Stiefel getragen hatte, waren nur einige Verletzungen durch die Bewegung der Füße aufgebrochen.

Ko ʔigą̀ hielt mir den Wasserschlauch entgegen, aus dem ich tiefe Schlucke trank, bis mir wieder einfiel, dass es ja ein Pferdedarm war. Aber ich hatte Durst zur Genüge kennen gelernt und konnte es mir nicht leisten, wählerisch zu sein. Ich schwang den Beutel mit dem Trockenfleisch von meiner Schulter und öffnete ihn. Unwillkürlich hielt ich ihm zuerst das Fleisch hin, da ich nicht wusste, wie viele Tage wir unterwegs sein würden und daher nicht abschätzen konnte, wie viel von dem Fleisch für jeden Tag eingeplant war. Außerdem fühlte ich mich immer noch unsicher und scheu in seiner Gegenwart und wollte ihn auf keinen Fall verärgern. Unbewusst verhielt ich mich allerdings genau wie eine Apachenfrau, denn es waren die Männer, die zuerst aßen.

Ko ʔigą̀ griff, ohne zu zögern, in den Beutel und zog einen Streifen hervor, den er mit seinem Messer entzweischnitt. Er reichte mir eine Hälfte und bedeutete mir, den Beutel wieder zu schließen. Innerlich seufzte ich auf, denn wenn wir jeden Abend nur einen Streifen essen würden, stand uns ein langer Weg bevor. Ich konnte nicht wissen, dass ein Teil des Fleischs natürlich auch für das Dorf bestimmt war, für den Haushalt seiner Schwester. So kaute ich nachdenklich an dem zähen Stück und bemühte mich, es mit meinen eher schlechten Zähnen so klein wie möglich zu bekommen, um beim Schlucken nicht zu ersticken. Schließlich legten wir uns wieder am Feuer nieder, ich mit dem Rücken zur Felswand, um noch ein wenig die abstrahlende Wärme zu nutzen, und *Ko ʔìgạ`* zur anderen Seite hin, das Gewehr an seiner Seite.

Am nächsten Morgen brachen wir wieder vor Sonnenaufgang auf, und ich vermisste das Bad in dem klaren Bergsee sehr. Wir gingen zügig, schweigend, aber ohne die Eile, die während der ersten Tage nach dem Überfall geherrscht hatte. Unser Weg zog sich über kahle Hochplateaus und durch sandige Einschnitte, und trotz der offensichtlichen Wildnis schien *Ko ʔìgạ`* einem fast unsichtbaren Pfad zu folgen. Das ein oder andere Mal erkannte ich undeutliche Steinritzungen an markanten Felsen oder Felswänden, seltsame abstrakte Zeichen oder Pfeile. Ich konnte damals nicht

71

wissen, dass nicht nur die voreuropäischen sesshaften Indianergruppen Markierungen an Felsen hinterlassen hatten, sondern auch die Apachen.

Zumindest am Morgen hatte ich noch die Muße, darüber nachzudenken, denn gegen Mittag fühlte ich mich schon wieder so staubig und erschöpft, als ob es die Rast am Bergsee nie gegeben hätte. Noch bevor wir eine Mittagsrast einlegten, taumelte ich vor Müdigkeit und Schmerzen und quälte mich jeden einzelnen Schritt weiter. Bis zum Abend hatte ich meine Gedanken abgeschaltet, und als wir einen Platz für die Nacht gefunden hatten, wäre ich fast eingeschlafen, ohne zu essen und zu trinken. *Ko ʔìgąˋ* jedoch hielt mir abermals den Pferdedarm entgegen und teilte einen Streifen Pferdefleisch. Dann aber fiel ich sofort zur Erde nieder und schlief ein.

Am Morgen erfüllte mich die Müdigkeit wieder wie allgegenwärtige Schmerzen. Ich biss jedoch die Zähne zusammen und stemmte mich in die Höhe. Ich hatte keine andere Wahl, denn allein war ich in diesem Land verloren. Und so versuchte ich natürlich, den Anschluss an den Krieger nicht zu verlieren, so anstrengend dies auch für mich war. Anscheinend blieb ihm dies nicht verborgen. Denn als wir an diesem Abend rasteten, hatte er einen kleinen Canyon ausgewählt. Ein vor Alter und Trockenheit zersplitterter Baum stand unweit des Eingangs, und der Boden des Canyons war mit feinem, weichem Sand bedeckt. Auf halber Höhe der terrassenförmig aufragenden Felswand war in der untergehenden Sonne ein kleiner mit Wasser gefüllter Gumpen im beigen Sandstein zu erkennen.

Das Wasser war sicher warm vom Tag und nicht sehr tief, aber ich fühlte mein Herz schneller schlagen, als der Wind mir den Geruch der Feuchtigkeit herübertrug. Würde ich baden können? Hier gab es keinen Wald, der mich vor Blicken schützte. Unsicher sah ich *Ko Pìgą`* an, der ein Lächeln andeutete und zu dem Wasserloch nickte. Er trank aus dem Wasserschlauch und reichte ihn dann mir.

„Das Wasser ist gut dort oben," sagte er nur, und mir war klar, dass ich vor dem Baden den Schlauch auswaschen und neu füllen sollte. Ich nickte und stieg mit dem Pferdedarm in der Hand langsam den sanft ansteigenden Sandsteinfelsen hinauf.

Oben angekommen ließ ich meinen Blick über das Land schweifen. Die Abendsonne zeichnete die raue, grausame Landschaft in weiche Farben, ein leichter Wind wehte. Einen Augenblick lang schöpfte ich Atem, spürte den Wind und die Sonne, dann kauerte ich mich bei dem Wasserloch nieder. Das Wasser war klar und spiegelte den klaren Himmel. Es wirkte wie ein großes blaues Auge inmitten des hellen Steins. Umständlich begann ich, den Wasserschlauch durch das Wasser zu schwenken und auszuwaschen, dann bemühte ich mich, ein Ende zuzuknoten und ihn wieder mit reinem Wasser zu füllen. Den gefüllten Schlauch legte ich ein Stück neben das Becken, dann richtete ich mich wieder auf und blickte in das Tal hinunter.

Ko ʔìgą` saß mit dem Rücken zu mir unten im Canyon und entzündete ein Feuer. Er schien sich absichtlich von dem Wasserloch abgewendet zu haben, wie um mir zu bedeuten, dass ich unbeobachtet baden konnte. Vielleicht, so dachte ich, wartete er aber auch darauf, dass ich wieder hinunterkam, damit auch er baden konnte? Wie auch immer, ich beschloss, es zu versuchen. Rasch schlüpfte ich aus den Schuhen, knotete mir die Bandagen von den Füßen, knöpfte mein Kleid auf und ließ mich aufatmend in das Wasser gleiten. Nur kurz erlaubte ich mir, die Kühle zu genießen, dann tauchte ich ganz unter, wusch mein Haar aus, zog mein Kleid und die Stoffstreifen ins Wasser und versuchte, alles so gut wie möglich zu reinigen. Flüchtig ertappte ich mich bei dem Gedanken, was ich tun würde, wenn *Ko ʔigą`* überraschend am Wasserloch erschien.

Wenige Zeit später zog ich mich am felsigen Rand des Wasserlochs hinauf, wrang die Stoffstreifen aus und verband meine Füße neu. Der kühle, feuchte Stoff war eine Wohltat. Ich schüttelte auch mein nasses Kleid aus und zog es mühsam an. An manchen Stellen war es zerrissen, und ich war nicht ganz sicher, wie lange der Stoff noch standhalten würde. Vielleicht konnte ich ein neues Kleid im Apachenlager erhalten?

Unwillkürlich hielt ich inne und hob den Kopf. In diesem Augenblick wurde mir zum ersten Mal voll und ganz bewusst, dass ich in *Ko ʔigą`*s Dorf gehen würde. Wie viele Apachen lebten dort? Waren es Menschen, die aus der Reservation geflohen waren? Wer war dort? Er hatte

75

gesagt, das Mädchen *Keh*, Still, sei dort. Seine Schwester auch? Der Apache, der mich eigentlich für sich gefordert hatte – *Yáłti'*? Wie würde man mich empfangen? Wie würde ich dort leben, wo würde ich schlafen? Wie lange würde ich dortbleiben? Konnte ich von dort fliehen, würde man mich gehen lassen? Würde ich gesucht, gefunden werden? War es möglich, dass die Soldaten auf der Suche nach mir das Lager überfielen?

Ich hörte ein leises, schabendes Geräusch und sah mich um. *Ko ʔigą̀* stand hinter mir auf dem Felsen, ein kaum wahrnehmbares Lächeln im Gesicht. Wahrscheinlich war mir anzusehen, dass ich mir Gedanken oder Sorgen machte, aber ich ahnte auch, dass der Mescalero mir keine Antwort auf meine Fragen geben würde. Alles, was ich wissen musste, hatte er mir gesagt, ich war *Hàcké'isdzą̄ą̄*, Wütende Frau. Und ich musste selbst zugeben, dass dies kein Name für eine Gefangene war, so wenig ich von der Kultur der Apachen auch wusste.

Ich nahm den gefüllten Wasserschlauch hoch und stieg vorsichtig hinunter ins Tal. Das kleine Feuer brannte noch, doch ich ging langsam umher und sammelte weitere Zweige und Äste, um das Feuer noch ein wenig länger zu erhalten. Nie hob ich den Kopf, denn ich wusste, dass auch *Ko ʔìgą̀* im Wasserloch ein Bad nahm. Der feine Sand war weich unter meinen Füßen, und unwillkürlich stellte ich mir vor, dass diese Nacht angenehmer sein könnte als die letzten. Und fast musste ich lachen, als ich bemerkte, wie einfach und grundlegend meine Bedürfnisse geworden waren.

Als der Apache wieder im Talgrund angekommen war, teilten wir wieder etwas Fleisch – getrunken hatten wir beide am Wasserloch – und legten uns nieder. Verwirrte Gedanken webten sich durch meine Träume, und obwohl ich an diesem Abend ebenso erschöpft wie an anderen Abenden war, schreckte ich immer wieder aus dem Schlaf hoch. Wahrscheinlich hatte ich auch im Schlaf gewimmert oder vielleicht sogar geschrien, denn ich fühlte *Ko ʔìgą̀*'s Blick immer auf mir ruhen, wenn ich hochfuhr. Erst gegen Morgen fand ich länger Schlaf, und doch war ich seltsam angespannt und wach, als wir wieder aufbrachen.

Smith Springs in den Guadalupe Mountains, Texas
(©VE)

4. IN DEN BERGEN

Unsere Reise führte uns noch einige weitere Tage nach Süden, und im Nachhinein konnte ich nur annehmen, dass *Ko ʔìgạ`* mich in Schlaufen und Schlingen zu dem Dorf führte. Da es vermutlich Flüchtlinge waren, die dort wohnten, sollten sie natürlich so unbemerkt wie möglich bleiben, gleichgültig, ob man nun nach mir oder nach ihnen suchte. Ich hatte es auf der Wanderung längst aufgegeben, gegen die Hitze zu kämpfen. Manchmal hatte ich das Gefühl, dass ich sie einfach durch mich hindurchfließen ließ, wie einen stetigen, unaufhaltsamen Strom. Ich hatte es auch aufgegeben, mir den Weg zu merken, denn der Schmerz, die Verwirrung und Erschöpfung der ersten Tage hatten mir völlig die Orientierung geraubt. Sehr viel später erzählte man mir, man habe mich in einem verborgenen Tal der Guadalupe Mountains gefunden, an der Grenze zu Texas.

An einem späten Nachmittag schließlich beschleunigte *Ko ʔìgạ`* seine Schritte plötzlich, sodass ich kaum mehr mithalten konnte. Wir waren seit dem gestrigen Tag von der mit Creosote und Mesquite bewachsenen Ebene über abgerundete felsige Hügel und durch trockene Arroyos in ein Gebirge gestiegen. Heftig nach Atem ringend kletterte ich ihm hinterher, bis er hinter einer Geländeerhebung verschwand, und ohne Zögern folgte ich ihm.

Auf der Kuppe stehend blickte ich in einen bereits teilweise schattigen Talgrund hinab, der mit niedrigen Bäumen bewachsen war. Zwischen den Bäumen wand sich vom gegenüberliegenden Berg herabkommend ein schmales Bächlein, und auf dem sandigen Grund daneben standen insgesamt acht Hütten und Zelte. Die Hütten bestanden aus belaubten Zweigen und alten Decken, die Leinwände der kleinen Tipis waren aus mehreren Stücken Stoff genäht. Schwache Rauchfaden schlängelten sich von den Kochfeuern empor, in der letzten Abendsonne dösten einige wenige Hunde, aber von den Bewohnern des Dorfes war nichts zu sehen.

Kaum hatte ich dies bemerkt, als *Ko Ꭷgą`* einen leisen Ruf ausstieß, und zu meiner Verblüffung schälten sich einige Krieger aus der Umgebung.

Sie hatten sich so perfekt verborgen, dass ich eine Handbreit neben ihnen hätte vorbei gehen können, ohne sie zu sehen. Nun kamen auch die anderen Bewohner des Dorfes näher, misstrauisch, vorsichtig, mit Waffen in den Händen. Sie starrten mich an, wortlos, und es lag keine Freundlichkeit in ihrem Blick. Mit leicht gesenktem Kopf versuchte ich der offensichtlichen Abneigung zu entkommen, doch da drängte sich ein kleines Mädchen zwischen den Erwachsenen durch und flog mir entgegen. Unwillkürlich ging ich in die Knie, um *Keh* aufzufangen, und obwohl sie nach wie vor kein Wort sprach, schlang sie ihre Arme so fest um mich, dass ich vor Erleichterung fast geweint hätte. Wenigstens ein Mensch in diesem Lager hieß mich willkommen.

Ich richtete mich mit *Keh* auf dem Arm wieder auf, und es entstand eine weitere Bewegung unter den Menschen. *Ko ʔìgą*`s Schwester trat zu mir. Sie lächelte leicht, fasste mich dann an der Hand und zog mich durch die Mauer der langsam zurückweichenden Menschen zu einem der Zelte. *Keh* hatte ihr Gesicht so fest an meinem Hals vergraben, dass ich kaum den Kopf drehen konnte, aber um keinen Preis der Welt hätte ich

81

sie losgelassen. Vor dem Zelt hieß mich *Ko Ɂìgą*'s Schwester zu warten, und sie duckte sich durch den Eingang. Kaum zwei Atemzüge später kam sie mit einem Bündel Kleidungsstücke und einem geflochtenen und mit Baumharz abgedichteten Krug wieder hervor und führte mich den Bach entlang.

Fast außer Sichtweite des Lagers hatte das Wasser im felsigen Untergrund einen Teich geschaffen, nur etwa vier Handbreit tief und gerade so weit, dass man ihn nicht überspringen konnte. Am Ufer legte *Ko Ɂìgą*'s Schwester die Kleider nieder und zog sacht, aber ein wenig ungeduldig an *Keh*s Schulter. Das Mädchen ließ sich von mir auf die Erde stellen und setzte sich unweit des Teichs auf einen Felsen, um zu warten. Nun sah mich *Ko Ɂìgą*'s Schwester offen an und sagte langsam und auf sich deutend:

„Nábi'dilziih."

Ich blickte völlig verwirrt, als sie auf ihr Bein zeigte, darüberstrich und dann wieder auf sich. Sie erkannte mein Unverständnis, lächelte und sagte langsam:

„Ich - *Nábi'dilziih*."

Mit viel Mühe, etwas Gelächter und vielen Gesten wurde mir klar, dass sie mir ihren Namen gesagt hatte, und später wurde mir auch klar, was ihr Name bedeutete. Als die flüchtenden Apachen in diesem Frühjahr zum Fort getrieben worden waren, war sie am Oberschenkel verletzt gewesen. Ein Heiler auf der Reservation, auf die sie am nächsten Tag hatten zurückkehren dürfen, war zwar in der Lage gewesen, ihr zu helfen, doch richtig gesund war sie erst geworden, als sie und andere Mescalero im Sommer aus dem Reservat geflohen waren, um sich in die Berge im Süden zurückzuziehen. Da ihre Kraft in den Bergen so offensichtlich zugenommen hatte, erhielt sie einen neuen Namen: *Nâbi'dilziih* – Die, die geheilt wurde.

Nâbi'dilziih füllte nun den geflochtenen Krug mit Wasser. Mich ein wenig unsicher umblickend schälte ich mich ein letztes Mal aus meinem mittlerweile völlig verschmutzten und sehr zerrissenen Kleid und wusch mich im klaren, kühlen Wasser des Baches. Mein Haar übergoss sie mit Wasser aus dem Krug und half mir mit einem festen, vorne abgerundeten Grasbüschel, es zu kämmen. Dabei gewahrte sie die feine

Perlenschnur, die ich mir zweimal um den Hals gelegt hatte und immer noch trug. Sie berührte die Schnur sacht, sagte aber nichts.

Schließlich entfaltete sie das Kleiderbündel.

„'Ena'iłch'iłí - Frauenkleider", sagte sie, während sie mir eine einfache blaue Bluse und einen weiten braunen Rock reichte, und ließ mich das Wort ein paar Mal aussprechen. Mühsam schlang ich meine Zunge um die Silben, doch sie musste die Worte noch ein paarmal für mich wiederholen, bevor sie einigermaßen zufrieden mit meiner Betonung war.

Die Kleider fühlten sich ohne Unterwäsche seltsam auf meiner Haut an, und ich fragte mich mit wachsendem Unbehagen, ob die Kleidungsstücke bei einem Überfall gestohlen oder vielleicht einfach nur eingetauscht worden waren. Dazu erhielt ich ein Paar hohe, lederne und weichere Mokassins mit einer Sohle aus Rohhaut, welche sie als kébane bezeichnete. Bevor ich in sie schlüpfte, zerriss ich den Rest meines Kleides und verband meine Füße zur Sicherheit noch einmal. Zwar hatten sie in den letzten Tagen der Wanderung nicht mehr so sehr geschmerzt, aber ich war auch nicht ganz sicher, ob ich mich nicht mittlerweile an die Schmerzen gewöhnt hatte.

Vorsichtig drehte ich meine nassen Haare auf und steckte sie fest. Als ich fertig war, blickte mich *Nábi'dilziih* prüfend an. Ich wusste nicht, was sie erwartete, und als was sie mich ansah, wusste ich auch noch nicht richtig. Als was kam ich hier in dieses Lager? Als *Hàcké'isdząą*. Aber welche Stellung hatte ich hier? Eine weiße Frau, die ganz offensichtlich gefangen genommen worden war, auch wenn man mich nicht gebunden hierhergebracht hatte. Ich konnte mit kaum jemandem hier sprechen, und niemand mit Ausnahme vielleicht von *Nábi'dilziih*, dem Tötenden Feuer und *Keh* war mir freundlich gesonnen.

Ich schöpfte tief Atem. Jetzt, da ich mich mitten in der Gefahr befand, war ich ruhig. Was kommen musste, würde kommen, und ich würde jeder Herausforderung entgegentreten. *Nábi'dilziih*, die mich immer noch musterte, nickte kurz und hielt mir den mit Baumharz abgedichteten Krug entgegen. Ich verstand, dass ich ihn wieder mit Wasser füllen sollte, und als ich dies getan hatte, bedeutete sie mir mit einer Kopfbewegung, ihr zu folgen. Auch das kleine

Mädchen lief uns nach, als wir wieder zu den Hütten traten. Die Sonne war bereits hinter einem bewachsenen Berghang niedergegangen, und das Tal füllte sich mehr und mehr mit Dunkelheit. Wie ich es schon aus dem Bergdorf im letzten Winter kannte, loderten kleine rauchlose Feuer vor den *kųųghą*, Wickiups, und *kųųghą łiga'i*, Tipis, und die einzelnen Familiengruppen setzten sich daran zum Essen nieder.

****

Die Wohngemeinschaft von *Ko Ɂígą`* schien aus ihm, seiner Schwester, *Keh* und zwei weiteren Kindern zu bestehen. Die beiden Jungen waren vielleicht acht und zehn Jahre alt, wurden *Tł'ooł*, Seil, und *Hidagoo*, Er der lebt, genannt und schienen Brüder zu sein. Ich konnte nur ahnen, dass die Kinder durch die Krankheiten im Reservat oder durch die Kämpfe auf der Flucht zu Waisen geworden und nun von anderen Familien aufgenommen worden waren. Natürlich wusste ich nicht, weshalb sowohl *Ko Ɂígą`* als auch *Nábi'-dilziih* keinen Ehepartner hatten – oder zumindest wusste ich es noch nicht. Da schon so einfache Unterhaltungen wie das Austauschen von Namen schwer waren, konnte ich solche privaten und sicherlich komplexen Zusammenhänge nicht erfragen.

Ohne Umstände wurde ich von *Nábi'dilziih* vor ihr Zelt geführt, wo sie das glimmende Feuer mit trockenen Ästen schürte. Auf ihre Geste hin setzte ich den vollen Wasserkrug neben dem Eingang nieder. Erwartungsvoll sah ich sie an, dabei fiel mir etwas ein.

„*Tú*", sagte ich und deutete auf den Krug. Ich hoffte, dass ich das Wort so aussprach, wie es richtig war, doch aus ihrer Reaktion konnte ich entnehmen, dass sie verstanden hatte. Ein schwaches Lächeln glitt über ihr Gesicht. Sie nickte zum Feuer hinüber und sagte:

„*Kų.*"

Nun musste ich lächeln, dieses Wort konnte ich mir sicherlich merken – *Ko ʔìgą`* bedeutete Tötendes Feuer. Sie zog den Beutel hervor, den wir mit getrocknetem Pferdefleisch mitgebracht hatten, zog ein Stück Trockenfleisch hervor und sagte:

„*'Itsįįsgą'.*"

Ich nickte, wiederholte den Begriff und hoffte, dass sie das Fleisch meinte und nicht das Tier, von dem es stammte.

Nábi'dilziih setzte sich am Feuer nieder und bedeutete mir mit einem Kopfnicken, mich neben sie zu setzen. *Keh*, die nicht von meiner Seite gewichen war, ließ sich neben mir und leicht an mich geschmiegt nieder. Uns gegenüber saßen *Ko ʔìgą̀* und die zwei Jungen. *Ko ʔìgą̀s* Schwester holte nun einen rußgeschwärzten und verbeulten Blechtopf aus dem Eingangsbereich des Tipis und schob ihn halb in das Feuer. Sie zerteilte das Stück Trockenfleisch mit ihrem Messer in kleine Fasern und warf diese in den Kessel, in dem schon ein Eintopf aus grünen und schotenähnlichen Früchten schwamm. Sie fügte noch einige getrocknete Kräuter hinzu und wartete, bis der Inhalt des Topfes einige Minuten gekocht hatte, dann schöpfte sie die heiße Suppe zuerst für *Ko ʔìgą̀*, dann für die Jungen in einfache Tonschalen. Erst danach erhielten *Keh*, sie selbst und ich unsere Portion.

Die Suppe war dünn und für mich ungewohnt schwach gewürzt, und die wenigen Fasern Fleisch, die ich in meiner Schale gefunden hatte, würden mich nicht lange satt halten, das wusste ich. Auch der kleine Fladen Maisbrot, der zerteilt worden war, und mit dem jeder seine Schale auswischte, konnte daran nicht viel ändern. Aber ich hatte in den letzten Tagen zu viel gehungert, um mir weiterführende Gedanken über etwas Derartiges zu machen. Ich hatte mich waschen können und frische Kleider bekommen, ich hatte Fleisch, Suppe und Brot erhalten, und sehr wahrscheinlich würde ich auch einen Platz zum Schlafen finden. Das musste mir für den Augenblick genügen.

Nachdem wie schon bei meinem letzten Besuch das Essen schweigend eingenommen worden war, sammelte *Nábi'dilziih* die Schalen von *Ko ʔìgą`*, den Jungen und *Keh* ein, stellte ihre noch darauf und bedeutete mir, ihr an den Bach zu folgen. Dort reinigten wir die Schalen mit Sand, spülten sie im Wasser aus und nahmen sie wieder zurück zum Zelt. Die beiden Jungen, die nun nicht mehr mit dem Essen beschäftigt waren, blickten immer wieder neugierig und doch scheu zu mir herüber, als wüssten sie nicht, was ich hier eigentlich tat, und wenn ich ehrlich war, wusste ich die Antwort selbst nicht.

Ko ʔìgą` begab sich nun zu einigen anderen Männern an einem anderen Feuer, während seine Schwester die Kinder und mich hinüber zu einer Hütte führte. Davor hatte ein älterer Mann gerade zu erzählen begonnen, und die Kinder scharten sich neugierig um ihn. Auch wenn ich natürlich kein Wort verstand, setze ich mich vorsichtig am Rande der Gruppe nieder. Mir war nicht entgangen, dass mich die meisten Blicke feindselig trafen, nur wenige schienen eine gleichgültige Haltung mir gegenüber einzunehmen. Als was auch immer *Ko ʔìgą̀* mich hierher hatte bringen wollen, die meisten Mescalero sahen in mir wahrscheinlich sehr wohl eine Gefangene.

Der ältere Mann erzählte, und seine Zuhörer lauschten gespannt. Später fand ich heraus, dass dies keine Geschichte vom trickreichen Coyote war, da man dessen Geschichten, wie auch viele andere, nur im Winter erzählen durfte. Dieser Mann erzählte davon, wie er als junger Krieger erfolgreich einen Trupp mexikanischer Soldaten an der Nase herumgeführt und ihnen sämtliche Packpferde abgenommen hatte. Ich stellte fest, dass dies die zuhörenden Männer, Frauen und Kinder mindestens so amüsierte wie eine Trickster-Geschichte.

Nach einer Weile trat *Ko ʔìgą̀* in den Lichtschein des Feuers, und alle verstummten. Der Krieger begann zu sprechen, und mir wurde klar, dass er vom Angriff auf unseren Wagen berichtete. Einige andere Krieger, die an dem Überfall beteiligt gewesen und schon vor uns im Dorf angekommen waren, hatten offenbar ihre eigene Version schon berichtet, dennoch lauschten die Anwesenden aufmerksam. Mir wurde zunehmend unwohl, da ich natürlich nichts verstand, die Geschichte mich aber sehr eindeutig betraf. Schließlich hielt *Ko ʔìgą`* das Gewehr hoch, das ich auf ihn gerichtet hatte, im Wagen stehend, vor Jahrzehnten, wie es mir schien. Er sah immer wieder zu mir hinüber während er sprach, und als er das Gewehr entsicherte, verkrampfte ich mich unwillkürlich. Doch es war offensichtlich, dass er berichtete, wie ich auf ihn angelegt, aber nicht abgedrückt hatte, und er mich deshalb für sich gefordert hatte.

Er sicherte das Gewehr wieder und hielt es einem Mann entgegen, der neben ihm stand. Und als ich seiner Bewegung mit den Augen folgte, erkannte ich voller Schrecken den Mann wieder, der mich rücklings vom Wagen gerissen hatte und mich für sich hatte beanspruchen wollen – *Yáłtí`*, Er, der spricht. War er eine Art Anführer der Gruppe? Hatte *Ko ʔìgą`* ihm das Gewehr gegeben, um ihn zu versöhnen? Wollte er das

Wortgefecht damit ungeschehen machen, dass sie sich geliefert hatten? Oder wollte er mit dem Gewehr auch mich weiterreichen? Für einige Sekunden war ich voller Angst und überlegte mir hektisch, was ich tun sollte, wenn dies wirklich geschah. Doch *Yáłtí'* nahm das Gewehr, prüfte kurz den Lauf und den Abzug, dann nickte er und war wenige Herzschläge später in der Dunkelheit verschwunden.

Nun erhob sich *Nábi'dilziih*, und ich war sehr dankbar, ihr folgen zu können, müde und verunsichert, wie ich war. Sie schlüpfte durch die Türöffnung ihres Zeltes, *Keh* und die beiden Jungen folgten ihr. Als ich in den dämmrigen Raum trat, stellte ich fest, dass wie im Lager im letzten Winter die Frauen und die Männer auf verschiedenen Seiten schliefen. Doch in diesem *kųųghą łiga'í* war mehr Platz als in den niedrigen Hütten. Eine kleine Feuerstelle mit hell glimmenden Kohlen war genau unter dem Rauchloch angelegt worden. In der Mitte gegenüber dem Eingang lagen Decken auf einer Reisigmatratze und an die Holzpfähle darüber waren einige Beutel und Waffen gebunden – dies musste *Ko ʔígą*`s Bett sein. Über der Bettstatt der Frau etwas in Richtung des Eingangs versetzt hingen Kleider und ein Schöpflöffel aus einem Flaschenkürbis, am Boden standen einige geflochtene Körbe und Falttaschen aus Rohhaut.

Der Eingang verdunkelte sich, und *Ko ʔìgạ`* betrat den Raum. Ohne mich anzublicken, ging er hinüber zu seinem Schlafplatz hinten im Zelt, und die beiden Jungen folgten ihm – ihre Lager an der Wand waren wie das der Frau und des Mädchens etwas weiter in Richtung Eingang gerückt. *Nábi'dilziih* zeigte nun auf einen Haufen aus Blättern und Zweigen unter einer Stoffdecke nahe dem Eingang, wo ich mich schlafen sollte, und reichte mir eine zweite Decke. Langsam setze ich mich auf meinem Lager nieder, streifte die Lederschuhe ab und schob sie an die Wand des Zeltes. Als ich mich gerade niederlegen wollte, kam *Keh* mit ihrer Decke zu mir und kuschelte sich völlig selbstverständlich bei mir ein. Ich zögerte nur kurz, dann breitete ich beide Decken über uns, legte mich auf die Seite und schützend neben das Kind und versuchte mir einzureden, dass der nächste Tag mir in Vielem Klarheit bringen würde.

Ich hörte, wie *Ko ʔìgạ`*, seine Schwester und auch die Jungen sich zur Ruhe begaben, und eine

Weile lang lauschte ich ihren Atemzügen. Die Stille des Lagers rundherum wurde durch das leise Knistern der noch niederbrennenden Feuer durchbrochen, von fern hustete jemand, ein Hund jaulte auf, und leise Schritte waren zu vernehmen. Wie ich so in der Dunkelheit lag, breitete sich plötzlich Panik in mir aus, und die quälenden Fragen, so lange durch Ungewissheit, Hunger und Erschöpfung verdrängt, brachen mit Macht über mich herein. Wie sollte es weitergehen? Wer war ich in diesem Dorf? Was konnte alles mit mir geschehen? Würde man mich verhöhnen, verletzen, töten? Wurden gefangene Frauen nicht zu Sklaven gemacht, die ihrem Besitzer zu Willen sein mussten? War ich Beute des ganzen Lagers?

Mühsam und schrittweise rief ich mich zur Ruhe, kämpfte die Angst nieder. Bislang hatte mir im Lager niemand etwas getan, ich war weder geschlagen noch anderweitig misshandelt worden. Ich hatte zu essen und eine Decke für die Nacht. Ein Apachenmädchen schlief in meinen Armen. Ich wusste, dass ich nichts anderes tun konnte, als *Ko ʔigą`* zu vertrauen. Und mit diesen beruhigenden Gedanken schlief ich schließlich ein.

Feigenkakteen, New Mexico (©VE)

5. „HÀCKÉ'ISDZ Ⱥ Ȿ"

Ich erwachte früh am Morgen, als *Nábi'dilziih* die Decke des Eingangs zurückschlug und im dämmerigen Licht des anbrechenden Tages das Zelt verließ. Von draußen drang leiser Gesang, und ich erinnerte mich daran, wie *Ko ʔìgą̀* im Berglager mit Gesang den Morgen begrüßt hatte. Sogleich regte sich auch das Mädchen in meinen Armen, tat einen tiefen erwachenden Atemzug und kuschelte sich dann nochmals kurz in die Decken. Ich fühlte mich immer noch müde, als ob ich die Ereignisse der vergangenen Tage noch nicht überwunden hätte, steif, da ich mich wegen des Kindes in meinen Armen des Nachts kaum gedreht hatte, und schon vom ersten Augenblick an sehr hungrig.

Während ich noch da lag, fluteten die Erinnerungen und die Angst der letzten Tage und Stunden über mich, und mein Herz begann zu rasen. Alle Schläfrigkeit war verschwunden, und als *Keh* aus dem Bett kroch, schlug ich sogleich die Decken zurück, um ihr zu folgen. Ich zog die

Lederschuhe über meine immer noch verbundenen Füße, strich mein Haar zurück und erhob mich. Gebückt verließ ich das Zelt und tat einen befreienden Atemzug in der Kühle des Morgens. Die Sonne ging eben über einem Bergrücken auf, klar und golden, und das Licht ergoss sich wie eine Wasserflut über mich. Einen Moment musste ich stehen bleiben, dieses Licht genießen und dafür danken, dass ich am Leben war.

Eine Frau schritt an mir vorüber, ohne mich eines Blickes zu würdigen, scheuchte einen der streunenden Hunde aus dem Weg und hielt auf den Bach im Talgrund zu. Da erinnerte ich mich, dass in dem Winterlager die Frauen jeden Morgen gebadet hatten, abseits von den Blicken des Lagers und der Männer. Sollte ich auch dorthin gehen? Durfte ich dorthin gehen?

Nun tauchte *Nábi'dilziih* wieder neben mir auf und nickte in die Richtung, in der die Frau verschwunden war.

„*'Ít'a nee'ãdââ'-dá nan'béé* – Nimm ein Bad vor Sonnenaufgang."

Zunächst zögerlich, dann aber immer bestimmter folgte ich ihr, denn auch im Winterlager hatte ich mit den Frauen gebadet. Aber damals war ich ein Gast gewesen. Wenn ich herausfinden wollte, welche Position ich in diesem Lager jetzt hatte, dann musste ich handeln.

Ich fand die Gruppe der Frauen an dem kleinen Teich, an dem ich mich gestern gewaschen hatte, und ging auf sie zu. Ohne abzuwarten, ob ich nun willkommen war oder nicht, blieb ich am Rand der Gruppe stehen und streifte meine Schuhe wieder ab. Mich auf einen Felsen setzend wickelte ich die Bandagen von meinen Füßen und ließ sie zu Boden fallen. Gerade wollte ich aufblicken und mich erheben, da traf mich ein heftiger Schlag im Gesicht, gleichzeitig schrie jemand auf mich ein. Völlig überrascht prallte ich zu Boden und riss beide Arme schützend hoch, und erst einige Augenblicke später, nachdem mich bereits ein zweiter und dritter Schlag getroffen hatte, erkannte ich die Angreiferin.

Eine der älteren Frauen war mit einem am Boden liegenden Holzprügel auf mich losgegangen. Sie schrie und schlug immer wieder zu und schien völlig die Beherrschung zu verlieren. Es war offensichtlich, dass sie mich beschimpfte, und dass sie der Ansicht war, dass ich nicht hierhergehörte, oder wenn, dann nur als Sklavin.

Immer wieder drehte sie sich anklagend und gleichzeitig versichernd zu den anderen Frauen um, von denen keine eine Miene verzog oder gar mir zu Hilfe kam. Wieder und wieder drosch sie mit dem leicht morschen Stück Holz auf mich ein, und Brocken davon rieselten auf mich nieder. In diesem Augenblick wurde mir klar, dass ich nur dann auch als Sklavin behandelt werden würde, wenn ich mich wie eine verhielt. Was hatte *Ko ʔìgą̀* zu mir gesagt? Ich war *Hàcké'isdząą*, Wütende Frau.

Als die Frau wieder zuschlagen wollte, kam ich ihr zuvor, fing den Schlag im Aufschnellen ab und riss ihr den Stock aus der Hand. Und dabei brüllte ich:

„Ich habe euch beschützt im Fort! Ich habe für euch um Wasser und Decken gekämpft! Ich habe euch den ganzen letzten Winter hindurch mit Nahrung und Werkzeug versorgt! Ich lasse mich von euch nicht misshandeln! Ich lasse mich nicht schlagen! Wag es ja nicht!"

Unwillkürlich hatte ich selbst den Stock erhoben, doch als ich das überraschte und erschrockene Gesicht der älteren Frau sah, war es mir unmöglich, zuzuschlagen. Ich hatte natürlich

99

Englisch gesprochen, und keine der Frauen hatte etwas verstanden, aber mein Ton war genauso eindeutig gewesen wie vorher der meiner Gegnerin. In der erwartungsvollen Stille, die auf meine Worte folgte, fasste ich das Holz mit den Händen an beiden Enden und zerbrach es mit einem heftigen Ruck über meinem Knie. Verächtlich schleuderte ich die Bruchstücke ins Gebüsch und wandte mich ohne ein weiteres Wort von der Gruppe ab und dem kleinen Teich zu.

Mit immer noch heftig pochendem Herzen knöpfte ich die Bluse auf, um mich zu waschen. Da erst spürte ich, dass mir etwas über die Wange lief, und als ich mit der Hand darüberfuhr, war es Blut. Einer der Schläge hatte mich an der Schläfe verletzt, und die blutige Hand immer noch vor mir haltend, drehte ich mich wieder der Frauengruppe zu. Ich musterte meine Peinigerin durchdringend und mit neu erwachtem Zorn, und sie wich meinem Blick aus. Indem sie den Kopf senkte, ahnte ich, dass ich die erste Schlacht gewonnen hatte.

Meine Wut beruhigte sich erst etwas, als auch die anderen Frauen begannen, sich zu waschen. Die leisen Gespräche setzten wieder ein, die

Aufmerksamkeit wurde langsam auf andere Dinge gelenkt. Mit immer noch zitternden Händen wusch ich mir das Blut vom Gesicht, das kalte Wasser erfrischte mich und brachte mich zur Besinnung. Eine nach der anderen verließen die Frauen den Teich, und schließlich waren nur noch *Nábi'dilziih*, *Keh* und ich am Wasser. *Nábi'dilziih* musterte mich, und ich sah, wie sich um ihren Mund kleine Lachfältchen bildeten. Sie schien meine Reaktion gutzuheißen, und auch das bestätigte mich in dem Gefühl, aus der ersten Auseinandersetzung siegreich hervorgegangen zu sein.

****

Nábi'dilziih führte mich nun zurück zum Tipi und schürte das Feuer vor dem Eingang höher. In demselben Topf, aus dem wir gestern gegessen hatten, war noch ein Rest Suppe. Die Frau goss Wasser aus dem abgedichteten Korb hinzu, fügte abermals etwas Fleisch und einige Beeren, die ich nicht kannte, hinzu und schob den Kessel wieder ins Feuer. Als die Brühe warm geworden war, teilte sie wieder Portionen an *Ko ʔìgą`*, die Kinder und an uns beide aus, und schweigend tranken wir. Ebenso schweigend verließen der

101

Krieger und die Jungen das Feuer – er, um seinen täglichen Pflichten nachzugehen, und sie, um die kleine Pferdeherde zu beaufsichtigen oder zu spielen. *Keh* allerdings stellte die Schalen aufeinander und blickte mich auffordernd an.

Wie schon am Abend wuschen wir die Schalen aus und brachten sie zurück. *Nábi'dilziih* holte nun aus dem *kų́ų́ghą́ łiga'í* zwei geflochtene Körbe hervor, die die Frauen auf dem Rücken trugen, mit Lederriemen über ihre Stirn. Sie gab mir einen davon, bezeichnete ihn als *bésch'aa'é istł'óli* und wartete geduldig, bis ich die ungewohnte Last angelegt hatte. Auch *Keh* trug ein kleines Körbchen, das sie, wie ich später erfuhr, selbst gemacht hatte. Ich weiß noch, wie erstaunt ich war, dass dieses kleine Mädchen schon Körbe flechten konnte. Beide Apachen trugen außerdem Grabstöcke und Messer. Zu dritt verließen wir das Lager, und mir war sehr schnell klar, dass wir Pflanzen sammeln würden.

Wir stiegen einen Hügel hinauf und schritten zügig an der Hangkante entlang. Der Morgen war noch kühl, doch der klare Himmel versprach baldige Hitze. Einen Augenblick überlegte ich, welchen Monat wir wohl schrieben. Ich erinnerte mich, als sei es in einem anderen Leben gewesen, dass Rosanne und ihre Familie uns Anfang Juni besucht hatten. Wie viel Zeit war seitdem vergangen? Zwei Wochen? Drei? Bald würde die Zeit der heftigen Sommergewitter und der unberechenbaren Regenfälle kommen. Wie würde das Leben in den Bergen dann sein? Wie, wenn der Herbst kam? Der Winter? Ärgerlich schüttelte ich den Kopf, um diese störenden Gedanken loszuwerden. Bis dahin war noch Zeit. Ich würde der Situation begegnen, wenn es so weit war.

Ko Ꝑigą`s Schwester blieb bei einem niedrigen, buschähnlichen Baum stehen und fasste einen Zweig mit fein gefiederten, olivgrünen Blättern.

„Nanstáné", sagte sie.

An dem Zweig hingen längliche, hellgrüne doldenähnliche Blüten und daneben die ersten reifen, gelbe Schoten. Ich kannte den Baum unter dem Namen Honig-Mesquite, und ich wusste, dass er von indianischen Gruppen, aber auch Mexikanern vielfach verwendet wurde. Als die beiden Apachen nun begannen, Schoten zu pflücken und in ihre Tragekörbe zu werfen, beeilte ich mich, ihnen zu helfen.

Wenig später schritten die beiden weiter, um auf der Rückseite des Hügels bei einigen niedrigen Sträuchern haltzumachen. Diese Sträucher, die ich als Creosote erkannte, trugen auf gekrümmten, grauen Zweigen winzige Blätter und kleine pelzige Samen. Diesmal pflückten wir aber nicht die Früchte, sondern brachen kleine Zweige ab. Wir befreiten sie von den Blättern, bevor wir die entlaubten Ästchen in die Tragekörbe warfen und mir *Nábi'dilziih* den Namen der Pflanze sagte:

„Ch'iljíg."

Ich versuchte etwas verzweifelt, sämtliche Begriffe, die ich in den wenigen Stunden bei den Apachen gehört hatte, im Kopf zu behalten, da ich ahnte, dass ich in der gleichen Geschwindigkeit weiterlernen musste. Weiter und weiter stiegen wir, und immer wieder machten die beiden halt, um etwas aufzulesen, zu pflücken oder auszugraben, und jedes Mal lernte ich ein neues Wort. Nach und nach füllten sich die Körbe und wurden unangenehm schwer. Der Tragriemen auf meiner Stirn schnitt mir in die Haut, und die Hitze des Tages ließ mich schwitzen. Seit der morgendlichen Brühe hatten wir nichts mehr zu uns genommen, und mein Magen meldete sich ungeduldig. Ich wusste zwar, dass wir einander kaum verständlich machen konnten, aber als mein Magen einmal ein lautes Knurren von sich gab, als *Nábi'dilziih* genau neben mir stand, blickte sie mich leicht amüsiert an. Dann warf sie einen Blick in die Umgebung und hielt auf eine schattige Stelle auf der nächsten Hügelkuppe zu. Oben angekommen streifte sie den Tragriemen ab und lehnte den vollen Korb an einen Felsen, dann half sie mir, meine Last ebenfalls abzusetzen.

Nun nahm sie ihren Grabstock und schritt hinüber zu einer großen Ansammlung von Nopales, Feigenkakteen.

„*Hosh*", sagte sie und ergänzte, zu den Früchten nickend: „*Hosh ch'iyáni.*"

Auf den flachen großen Blättern saßen geöffnete gelbe Blüten, daneben aber auch schon die ersten reifen, rötlichen Früchte. *Nábi'dilziih* stieß eine Anzahl von ihnen mit ihrem Stock herunter und rollte sie im Sand, um die haarfeinen Stacheln abzubrechen. Schließlich gab sie jedem von uns einige Früchte, die wir sogleich schälten und aßen. Viel willkommener als die leichte Süße war die Feuchtigkeit, die sie enthielten. Nachdem wir unseren ersten Hunger gestillt hatten, sammelten wir noch mehr Früchte in unsere Körbe, bis alle drei wirklich randvoll waren. Danach machten wir uns auf den Rückweg.

Als wir im Dorf eintrafen, sah ich auch noch eine andere Gruppe Frauen mit gut gefüllten Tragekörben heimkehren. Ich erfuhr später, dass man erst seit kurzer Zeit an diesem Ort lagerte, und dass Wild und Wildpflanzen noch reichlich vorhanden waren. Vor dem Zelt setzten wir die Körbe ab und sortierten die Ernte. *Keh* war eifrig bei der Sache, und auch ich ließ mich nieder, um die einzelnen Früchte, Zweige, Blätter, Knollen und Schösslinge zu trennen. Ich meinte zu erkennen, dass die gesammelten Pflanzenteile in Nahrung und in Heilkräuter unterschieden wurden. Doch bevor ich weiter in die genaue Verwendung Einblick erhielt, hielt *Nábi'dilziih Keh* und mir je eine Rohhautschnur entgegen.

„*Chish.*" Als ich nicht reagierte, ergänzte sie: „*Chish ãii' ya'n'jásh* – bring Feuerholz."

Im ersten Moment glaubte ich, wir sollten noch mehr Pflanzen holen, aber *Keh* führte mich einen anderen Weg den Talgrund entlang, wo zu beiden Seiten des Bachlaufs zahlreiche Bäume standen. Das Mädchen begann nun, trockene Äste, die am Boden lagen, aufzunehmen und in die Schlinge der Rohhautschnur zu legen. Ich folgte ihr, ebenfalls Brennholz sammelnd. Wir mussten eine ziemliche Strecke zurücklegen, bis wir genug hatten, da jeder Haushalt im Dorf jeden Tag Brennholz benötigte, und die direkte Umgebung schon recht abgesucht war. In der flirrenden Mittagshitze sah ich dünne, schwarzblaue Libellen über dem Wasser schwirren, und als ich einmal aufblickte, sah ich einen grauen Fuchs aus sicherer Entfernung und aus einem Gebüsch zu uns herüber spähen. Er schien sich durch uns nicht bedroht zu fühlen, denn einige Augenblicke später gähnte er mich herzhaft an. Sicherlich wusste er von dem Menschenlager, und vielleicht freute er sich auch über den Abfall, den wir am Lagerrand zurückließen.

Die Sonne hatte ihren Höhepunkt bereits überschritten, als wir mit ausladenden Bündeln aus Zweigen und Ästen auf dem Rücken heimkehrten. Kaum hatten wir das Holz auf den kleinen Resthaufen Brennmaterial gelegt, der sich neben dem Eingang befand, als mir *Nábi'dilziih* bereits den geflochtenen, mit Baumharz abgedichteten Krug entgegenhielt.

„*Tústs'aa* – Wasserkrug."

Diesmal war mir vollständig klar, was sie von mir wollte. Seufzend streckte ich meinen Rücken und nahm den Krug. An dem kleinen Teich leerte ich das restliche Wasser aus und füllte neues hinein. Einen Moment verhielt ich und sog die Luft in meine Lungen.

Ich war nun schon den ganzen Tag auf den Beinen und hatte keine Zeit gehabt, mir über mein Schicksal Gedanken zu machen. Aber eins schien klar zu sein – ich war als zusätzliche Arbeitskraft in *Ko ʔìgą*'s Haushalt. Ich tat das Gleiche wie seine Schwester und das Mädchen, und erhielt die gleichen Bequemlichkeiten und Aufgaben. Noch hatte mich keiner von ihnen schlecht behandelt, im Gegenteil, *Keh* schien in mir eine Art ältere Schwester zu sehen. Und auch *Ko ʔìgą*'s Schwester behandelte mich ohne jede Feindschaft. Konnte ich meine Stellung in dieser Gruppe verbessern, wenn ich einfach mit ihnen lebte? Würden sie mir dann mehr vertrauen? Mich gehen lassen? Gab es für mich überhaupt einen Weg zurück? Ich nahm den Korb auf.

Wenn die Tage nach diesem Muster abliefen, dann würde ich damit umgehen können.

****

Die nächsten Tage verliefen tatsächlich sehr ähnlich. Am Morgen erhoben wir Frauen uns mit den Männern, die vor den Hütten das Morgengebet sangen, und gingen zum Teich, um uns zu waschen und Wasser zu holen. Dann machten wir Feuer, nahmen ein einfaches Morgenmahl zu uns und gingen anschließend in kleinen Gruppen los, um Pflanzen, Früchte, Wurzeln und Brennholz zu sammeln, während die Männer auf der Jagd waren. Manchmal erlegten sie etwas, manchmal waren es aber auch wiederrum die Frauen, die ein kleines Tier in einer Schlinge fingen. Das wenige Fleisch wurde mit allen geteilt und entweder über dem Feuer gebraten oder einem Eintopf beigefügt. Dazu gab es brotähnliche Fladen, die aus einer Mischung der zu Mehl zermahlenen Eicheln von letztem Jahr, Mesquite-Schoten, Salzbusch-Samen und Sumac-Beeren geformt wurden. Ebenso zubereitet wurden manchmal Maisbrei oder –brot, einige wenige vom Herbst aufbewahrte und geröstete Pinienkerne oder kleine Walnüsse, die ersten Schösslinge der Sotol-Agave, die süßlichen Fasern aus den Herzen der Mescal-Agave, Kaktusblätter oder Kaktusfrüchte, und viele andere Zutaten, die ich nicht kannte. Mir fiel allerdings auf, dass es hauptsächlich die Frauen waren, die vielfältiger und verlässlicher zur Ernährung der Gruppe beitrugen.

Daneben lernte ich allmählich nicht nur die Namen, sondern auch, welche Teile einer Pflanze gesammelt und zubereitet oder konserviert wurden. Ich erfuhr, welche Teile welcher Pflanze gegen Fieber, Husten, Wunden und Kopfschmerzen helfen konnten, woraus Körbe geflochten werden konnten, und welches Holz sich gut für einen Grabstock, für das Räuchern von Fleisch oder für einen Bogen eignete. Bald erhielt ich einen eigenen Grabstock, aber auch die Anweisung, mit den Pflanzen vorsichtig umzugehen. Oft legten die Frauen kleine Gaben Tabak nieder, wenn sie etwas von einer Pflanze nahmen.

Dazu begann *Nábi'dilziih* schon am zweiten Tag, mir das Flechten beizubringen, und während *Keh* völlig mühelos feuchte Fasern spaltete und verwob, wollten weder die Pflanzenstreifen noch meine Hände das tun, was ich sollte.

Brauchte ich zu lange, dann trockneten die Fasern wieder aus, wurden noch störrischer und brachen leichter. Mein erster Korb sah so schief aus, dass sogar das schweigsame Mädchen laut auflachte, und *Nábi'dilziih* meinte später, dass dies das erste Lachen seit dem Tod ihrer Mutter gewesen sei.

Keine Frau – und auch kein Mann – belästigte mich in irgendeiner Weise, keiner griff mich an, keiner beschimpfte mich. Der Vorfall am Teich am ersten Morgen hatte nur eine einzige Nachwirkung: *Nábi'dilziih* gab an diesem Abend, als alle gegessen hatten, eine Geschichte zum Besten. Ich brauchte nur wenige Augenblicke, um zu verstehen, dass sie den Streit am Badeort erzählte, und dass sie das Geschehen humoristisch übertrieb. Mit einem gewaltigen Holzscheit hieb sie im Licht des Feuers wild auf eine unsichtbare Gegnerin ein und kreischte dabei laut Beschimpfungen, sodass Männer und Frauen wiederholt auflachten. Dann tauschte sie die Rollen und ahmte mich nach, wie ich den Prügel abgefangen und schimpfend gegen meine Angreiferin gerichtet hatte. Dabei versuchte sie, auch meine Worte nachzumachen und brachte ein so entsetzliches Kauderwelsch hervor, dass ich selbst lachen musste. Mit einer theatralischen Geste zerbrach sie das Holz über dem Knie, wie ich es getan hatte, und warf die Stücke in das Feuer, welches kurz aufflammte.

Die Frau, welche meine Angreiferin gewesen war, hatte sich das Tuch, das sie sich gegen die einbrechende nächtliche Kühle um die Schultern gelegt hatte, vor das Gesicht gezogen und den Kopf gesenkt. Wahrscheinlich hatte sie an dem Morgen gehofft, mich zu Boden zwingen und damit als Gefangene brandmarken zu können. Sie hatte wohl damit gerechnet, dass andere Frauen ihr zu Hilfe kommen würden, und dass ich dadurch dem ganzen Stamm unterlegen war. Aber dass ich mich wehren und gegen sie gewinnen würde, das hatte sie nicht erwartet. Und dass ihre Niederlage nun vor allen ausgebreitet wurde, schien sie zutiefst zu beschämen. Ich hoffte nur, dass sie diesen Vorfall nicht persönlich nahm, und ich nicht neben dem Krieger *Yáłtí* auch noch eine Feindin unter den Frauen hatte.

„*Hàcké'isdzáá*", sagte *Ko ʔìgą*`s Schwester nun laut und blickte zu mir. Ich hörte, wie einige Leute den Namen leise wiederholten und nickten. Offenbar erinnerten sich auch einige daran, wann und unter welchen Bedingungen der Name das erste Mal ausgesprochen worden war – in Fort Stanton, als die Menschen Gefangene der Soldaten gewesen waren. Ich ließ meinen Blick über die Anwesenden gleiten und versuchte zu erkennen, wer von ihnen im Fort gewesen war. Doch als die geschwächten Menschen damals bei Dunkelheit herbei getrieben worden waren, hatte ich wenige Gesichter deutlich gesehen. Auch konnte ich nicht sagen, wen ich noch von dem verborgenen Winterlager kannte. Ich war nur einen Tag dort gewesen, und der Schock über den Soldatenüberfall hatte vieles aus meiner Erinnerung gelöscht.

Tatsächlich griff mich niemand mehr an, weder mit Gesten noch mit Taten. Die anderen Frauen ignorierten mich zumeist, aber keine behandelte mich offen feindselig. Sie wussten ja, dass ich sie nicht verstand, und wenn sie über mich sprechen wollten, dann konnten sie es ungeniert tun. Aber sie wussten auch, dass *Nábi'-dilziih* zu mir hielt, und wahrscheinlich waren sie vorsichtig mit Spott.

Von den Männern nahm sowieso keiner Notiz von mir, selbst *Ko ʔìgą̀* und die Jungen sah ich fast nur zu den Mahlzeiten und am Abend. Die Jungen verließen ihr Bett früh am Morgen, um zu laufen, zu ringen und sich für ihre Zeit als Krieger vorzubereiten, und bis auf *Nábi'dilziih*, die mich anleitete, und *Keh*, die sich fast immer in meiner Nähe aufhielt, kümmerte sich keiner um mich. Ich hingegen bemühte mich, teilweise noch aus Furcht, mich so unauffällig wie möglich zu benehmen, alle Aufgaben zu erfüllen und zu lernen.

Sotol-Agave, New Mexico (©VE)

6. DEN SOMMER ENTLANG

Unaufhaltsam verging ein Tag nach dem anderen. Immer noch war alles neu für mich, ich war ständig auf der Hut vor Fehlern und beobachtete alle Menschen scheu und gleichzeitig unablässig. Ich lernte brockenweise Worte für Pflanzen und Tiere und Namen für Menschen. Ich sah und lernte, wie die Kinder, Frauen und Männer sich benahmen, und versuchte, es ihnen gleichzutun. Oft war ich am Abend von der körperlichen und geistigen Anstrengung zu Tode erschöpft.

Meine Verletzungen heilten mehr und mehr, und nur noch einige Narben an den Handgelenken erinnerten mich gelegentlich an die entkräftende Reise. Die Sonne setzte meinem Gesicht immer noch zu, doch da ich nun wusste, dass man Feigenkaktus zur Linderung dieser leichten Verbrennungen nutzen konnte, sammelte ich gelegentlich bei unseren Ausflügen einige der fleischigen Blätter. Die Haut an meinen Händen bräunte, wurde aber auch rot und rissig, doch spätestens, wenn ich beim Zerlegen eines Tieres half, wurden meine Hände durch das Tierfett wieder weich. An meinen Füßen, die nun vollständig verheilt waren, bildete sich durch das Laufen in den Bergen in Rohhautmokassins eine dicke Hornhaut.

Ich gewöhnte mich an die raue Kleidung, an die dürftige Nahrung, an das Schlafen auf einer Reisigunterlage auf der Erde, an das kalte Wasser im Bach jeden Morgen, an die Verrichtung meiner Notdurft irgendwo im Unterholz, an die glühende Sonne über mir und an den Sand zwischen meinen Zähnen. Mühsam gewöhnte ich mich an die allgegenwärtigen Fliegen, die nur die gelegentlichen Windstöße vertreiben konnten, an die Stacheln und Dornen in meinen Händen vom Sammeln bestimmter Pflanzen, an die langen Märsche, um Brennholz und Nahrung zu finden, an das Schlachten erlegter Tiere, und daran, dass ich die Menschen immer noch kaum verstand. Ohne darüber nachzudenken hatte ich mich daran gewöhnt, mit *Keh* im Bett zu schlafen, in welches *kųųghą łiga'í* ich laufen musste, dass ich den Blick senken und niemand anstarren sollte, dass keiner der Apachen mit dem Finger irgendwohin deutete, und dass es weder ein Wort zur Begrüßung noch zum Abschied gab.

Ich lernte, dass nicht alle der zahlreichen Hunde im Lager jemandem gehörten, dass sie aber nicht nur geduldet, sondern sogar sehr erwünscht und geliebt waren. Die Kinder spielten mit ihnen, vor allem mit den Welpen, die Frauen schätzten sie als Wachhunde und nahmen gelegentlich einen von ihnen mit, wenn sie sammeln gingen. Manche Hunde begleiteten auch einen Jäger über Tage hinweg. In die *kųųghà* durften die Hunde allerdings nie, auch nicht die trächtigen oder säugenden Weibchen.

Ich lernte, dass manche Tiere wie Truthahn oder Fisch aber auch Insekten nicht als Nahrung in Frage kamen, und dass die Menschen vor anderen Tieren sogar eine abergläubisch scheinende Angst hatten, so zum Beispiel vor Schlangen, Eulen oder Bären. Auch Coyoten wurden gemieden und nur notfalls getötet. Ich lernte, dass das erlegte Tier nach bestimmten Vorschriften geteilt wurde, dass der erfolgreiche Jäger auf seinem Weg zurück ins Dorf jedem, der darum bat, etwas abgeben musste, und dass er deshalb manchmal nur mit wenigen Resten seiner Beute bei seiner Familie ankam. Jeder Jäger – und auch jeder Krieger nach einem Kriegszug – musste sich nach einer erfolgreichen Jagd in einer kleinen Schwitzhütte am Rande des Lagers reinigen, da er getötet hatte, und uns Frauen war es ohne Ausnahme verboten, in die Nähe dieser Hütte zu kommen. Die Waffen der Jäger durften wir Frauen ebenso nicht berühren. Ich lernte, dass manche Jäger besondere „Macht" hatten, ein Tier zu töten, und nur dieses, und deshalb besonders erfolgreich waren. Nur vage hörte ich, dass es außerdem Menschen gab, die Macht über andere Menschen zu haben schienen, mit Liebes- oder Schadenszauber.

Ich lernte aber auch sehr handfeste Fertigkeiten. Kaum, dass *Ko ʔìgą̀* zum ersten Mal seit unserer Ankunft einen Hirsch erlegt hatte, nutzte *Nábi'dilziih* die Haut des Tieres, um mir die Herstellung von Leder beizubringen. Ich hatte zwar zu Hause auf der Ranch oft zugesehen, wie die Hirten die Häute der geschlachteten Rinder unten am Fluss bearbeiteten, sie über Eisenklingen zogen, enthaarten, walkten und einweichten, aber selbst hatte ich nie Hand angelegt. Und als *Nábi'dilziih* mir zum ersten Mal einen aus

Knochen gefertigten Schaber mit einer festen Lederschlaufe, die ich mir um das Handgelenk winden musste, in die Hand drückte, war ich mir nicht sicher, ob diese Idee Erfolg versprach.

Man durfte nicht zu fest schaben, sonst riss die Haut; zu leicht, und man erreichte gar nichts. Der Gestank und die Hitze machten mich an diesem ersten Tag fast wahnsinnig. Überall klebten Haarbüschel, in meinen Nasenlöchern, Ohren, zwischen meinen Lippen und Fingern und am Abend hatte ich das Gefühl, dass ich die Blut- und Fettreste unter meinen Fingernägeln nie mehr loswerden würde, ganz abgesehen von dem Geruch. *Keh* hatte voller Begeisterung mitgeholfen, und obwohl diese Arbeit für sie recht anstrengend war, ging sie unbefangener und damit erfolgreicher ans Werk. Die Haut wurde noch einige Tage weiter behandelt, und ich war mir ziemlich sicher, dass dies nicht meine letzte Unterweisung gewesen war.

Unwillkürlich hatte ich das Gefühl, dass *Nábi'dilziih* aus mir so rasch wie möglich eine Apachenfrau machen wollte – mit allen Fähigkeiten, die dazu nötig waren, damit ich sie baldmöglichst wirksamer im Haushalt unterstützen

120

konnte. Mir kam zugute, dass *Keh* als Ziehtochter ebenso zu lernen hatte, auch wenn sie schon einen Vorsprung hatte und immerhin verstand, was die Frau ihr sagte. Zur großen Begeisterung des Mädchens war ich deshalb recht viel mit ihm zusammen, und es konnte mir sogar Dinge zeigen und beibringen. Auch erwies sich *Keh* geduldiger, wenn ich etwas nicht verstand, und oft genug perlte ihr Lachen über das Lager, wenn ich wieder etwas ganz unverständlich falsch gemacht hatte.

Die feine Perlenschnur, die mir *Ko ʔìgạ`* einst zurückgelassen hatte, die mir bei der ersten Begegnung im Canyon mit den feindlichen Apachen vermutlich das Leben gerettet hatte, und die ich am Tag des Überfalls einer Laune folgend angelegt hatte, trug ich nun immer. Meist verborgen unter der einfachen Bluse war sie doch immer wieder eine Erinnerung daran, dass den Apachen und mich ein Band verknüpfte, unsichtbar, unaussprechlich und unauslöschlich. Ich wusste damals nicht, dass diese Kette ein Schutz für *Ko ʔìgạ`* gewesen war, ein Schutz vor Feinden, und dass sie eigentlich nur von Männern getragen wurde. Da er und seine Schwester mein Verhalten aber duldeten, nahmen es alle anderen, die die Kette bei mir sahen, ebenso hin.

Eines Tages jedoch merkte ich, dass seit der Entführung einige Wochen vergangen waren. Insgeheim hatte ich mich vor diesem Moment gefürchtet, da ich nicht wusste, wie ich mir helfen und wie ich mich verhalten sollte. Auch konnte ich mich nach wie vor nur schwer verständlich machen und hoffte, dass kleine Gesten genug waren. Deshalb trat ich an diesem Morgen nach dem Waschen zu *Nábi'dilziih* und legte mit vorsichtigem Blick zu ihr meine Hand auf meinen Unterleib. Sofort schien sie verstanden zu haben. Rasch ging sie zum *kųųghą łiga'í* zurück und kam mit etwas Stoff und einem Bündel Rohrkolbenwolle wieder heraus. Dann führte sie mich aus dem Lager heraus, hinein in ein kleines geschütztes Seitental, in dem das Buschwerk besonders dicht war.

Nábi'dilziih trat mit mir hinter die Büsche. Zu meinem Erstaunen stand bereits eine andere Frau auf der schattigen Lichtung. Zuerst erkannte ich sie nicht, dann aber sah ich, dass es *Yáłtí*s Frau war. Ihr Name *Bil gozhǭǭ* bedeutete Mit ihr ist Freude, doch immer, wenn ich sie erblickte, schien sie bekümmert und in sich gekehrt, und manchmal fragte ich mich, ob es wohl mit ihrem aufbrausenden Mann zu tun hatte. Später erfuhr ich allerdings, dass sie bis auf einen halbwüchsigen Sohn alle ihre Kinder durch Krankheiten oder Konfrontationen mit den Amerikanern verloren hatte, und dass sie den Verlust nicht überwinden konnte. Sie blickte scheu hoch, als wir hinzutraten, und grüßte mit einem kurzen Nicken. Ich sah, dass sie im sandigen Boden ein kleines Loch gegraben und ein kleines Bündel hineingelegt hatte, bevor sie es wieder zuschüttete und die Lichtung verließ.

Ko ʔigą`s Schwester zeigte mir, dass das Stück Stoff, das sie mitgebracht hatte, eine Art Lendenschurz war, den ich unter meinem Rock tragen sollte. Ich verstand, dass ich dieses Kleidungsstück und einige Hände voll mitgebrachter ausgezupfter Rohrkolbenwolle während der nächsten Tage verwenden konnte. Dazu versuchte sie mir zu erklären, dass ich die gebrauchte Wolle an diesem Ort vergraben sollte und darauf zu achten hatte, mich in dieser Zeit noch mehr von den Männern fernzuhalten. Weiterhin hätte ich nichts zu beachten und konnte meiner Arbeit wie gewohnt nachgehen. Später hörte ich noch, dass

Frauen während dieser Zeit ihre alten Kleider tragen, aber diese nicht herumliegen lassen sollten, und dass sie nur Stuten und keine Hengste reiten sollten. Tatsächlich fürchteten die Männer der Apachen, das Monatsblut der Frauen könne Verkrüppelungen bei ihnen verursachen, und hielten großen Abstand. Es war ein weiteres Teil des Ganzen, das ich zu lernen hatte.

****

Tage flochten sich zu Wochen. Ich verlor sämtliches Zeitgefühl, und mir wurde erst wieder klar, dass der Sommer den Höhepunkt überschritten hatte, als sich eines Tages die ersten dunkelgrauen Wolken eines Sommergewitters über den nachmittäglichen Horizont schoben. Der Regen setzte bald darauf ein und war so heftig, dass wir innerhalb kürzester Zeit völlig durchnässt waren. *Keh* und ich waren wieder einmal Brennholz sammeln gegangen, dass nun natürlich in unseren Rohhautschlingen feucht geworden war. Einen Moment lang sah ich das Mädchen an, dem eine nasse Haarsträhne über die Stirn fiel. Ohne nachzudenken, hob ich die Hand und strich ihr das Haar zu Seite, sie blickte hoch und lächelte. Ich lächelte zurück, genauso nass, und einen

Augenblick blieb ich stehen, hob beide Arme, als wollte ich den Regen auffangen oder mich ihm entgegenwerfen. Da sah ich *Ko ʔìgą`* zwischen den Bäumen stehen und zu uns herüberblicken.

Ich wollte die Augen niederschlagen, wie ich wusste, dass ich es tun sollte, aber ich tat es dennoch nicht. Nur langsam ließ ich die Arme sinken, damit nicht der Eindruck entstand, ich täte es seinetwegen. Der Regen strömte mir immer noch über das Gesicht, meine einfache Bluse und der Rock klebten an mir. Ich erwiderte seinen Blick bestimmt, so als wollte ich ihn daran erinnern, dass ich seinetwegen hier war, hier, genau an diesem Ort und zu dieser Zeit. Nur wenige Herzschläge dauerte unser stummes Duell, dann verschwand *Ko ʔìgą`* lautlos im Gebüsch, um wenig später neben uns aufzutauchen, mit einem erlegten jungen Reh auf der Schulter. Er schritt uns voran ins Lager, doch diesmal brachte er das Reh nicht zum Zelt seiner Schwester, wovor wir stehen blieben, sondern er ging weiter durch das Dorf. Einige Hütten weiter sah ich ihn dann das Reh einer Frau übergeben, die vor ihrem Wickiup saß und offenbar an einem Kleidungsstück nähte. Der Austausch erfolgte ohne Worte, und keiner im Dorf schien sonst davon Notiz zu nehmen.

Auch in den nächsten Tagen wurde meine Aufmerksamkeit immer wieder auf dieses Wickiup gerichtet. Eines Tages hatten wir gerade gesammelt und unsere Ernte zurückgebracht, da sandte *Nábi'dilziih Keh* gegen Nachmittag mit einem Beutel gemahlenen *Nanstáné* zu dem gleichen Wickiup, vor dem *Ko ʔígạ̀* sein Beutetier niedergelegt hatte. Immer öfter sah ich Menschen dort vorbei gehen und Nahrungsmittel schenken, bisweilen auch Brennholz, Leder oder Rohhaut, einmal sogar ein Schmuckstück. Ein Mann, der offensichtlich nicht zu dem Haushalt gehörte, besuchte die Familie nun fast täglich, und immer wieder hörte ich leise Geräusche wie Rasselklänge oder Gesänge aus der Hütte. Auch eine ältere Frau, *De'k'ùzhe,* Salz, die mit großem Respekt behandelt wurde, verbrachte immer wieder längere Zeit dort.

Vorsichtig versuchte ich, *Nábi'dilziih* zu fragen, ob dort etwas Besonderes geschah, und sie bedeutete mir, dass es etwas mit dem Mädchen der Familie zu tun hatte. Aber immer, wenn ich *Hasdádogaał,* Die gerettet wurde, sah, die vielleicht zwölf oder dreizehn Jahre war, schien sie mir vollständig gesund zu sein. Sie arbeitete sichtlich mehr, verhielt sich sonst sehr scheu und zurückhaltend, aber sicherlich nicht krank, wie man vielleicht aufgrund der Unterstützung durch die Gemeinschaft hätte vermuten können.

Es gingen nun jeden Nachmittag oder Abend heftige Regenschauer nieder, und das schmale Bächlein im Talgrund füllte sich mehr und mehr. Die Wasserstelle, an der wir uns nach wie vor jeden Morgen wuschen, hatte sich gewaltig verbreitert. Immer wieder wurden durch die heftigen Sturzbäche auch Schuttmassen, Äste und Stämme mitgerissen, trieben vorbei, hakten sich fest und blockierten das Abfließen des Wassers. Deshalb gingen wir an einem der nächsten Tage, als ich am Morgen aufwachte, nach dem morgendlichen Bad nicht los, um zu sammeln. *Ko Ρìgą*`s Schwester führte uns vielmehr zum Zelt zurück, wo sie begann, alle Decken auszuschlagen, alle Körbe zusammen zu stellen und alle Haushaltsgeräte auf einen Haufen zu legen.

Sofort wurde mir klar, dass wir diesen Lagerplatz verlassen und weiterziehen würden, und mich überkam leichte Panik. An diesen Ort hatte ich mich gewöhnt. Die Dinge, die mir hier begegnet waren, hatte ich gemeistert. Und nun? Wohin würden wir gehen? Tiefer in die Berge? Würde es dann überhaupt noch ein Entkommen für mich geben? Wer würde mich finden, wenn wir immer wieder weiterzogen? Suchte man mich überhaupt?

Doch ich konnte mich nicht weiter meinen Gedanken hingeben, denn *Hidagoo* und *Tł'ooł* brachten nun zwei Pferde zum Zelt und begannen, die Verschnürung des Tipis zu lösen. Zusammen mit *Keh*, die sofort zugriff, schlugen sie die Stoffplane zurück und ließen sie zu Boden gleiten. *Ko ʔigą̀* trat hinzu und half seiner Schwester, das Seil, das die Stangen zusammenschnürte, zu entknoten, und mit geübten Bewegungen fielen die Zeltpfosten seitlich in die Büsche. *Nábi'dilziih* bedeutete mir, je vier der *sade*, Zeltstangen, mit einem Seil zusammenzubinden. Sie selbst faltete die Zeltplane, verschnürte sie sorgfältig und befestigte sie auf Rücken eines der Pferde. Dann zeigte sie mir, wie ich die Stangen seitlich an die verschnürte Zeltplane binden sollte, sodass die Enden der dünnen Stämme neben dem Pferd auf dem Boden schleiften. Auch das zweite Pferd zog zwei Stangen, doch diese

128

lagen gekreuzt auf seinem Rücken. Zwischen die über den Boden schleifenden Enden war eine Lederdecke gespannt, die mit einigen der Haushaltgegenstände wie Kochtöpfe und Schalen beladen wurde. Dazu wurden zwei Rohhauttaschen mit Trockenfleisch und anderen Vorräten an den Bündeln beider Pferde befestigt. Dies alles ging so rasch, lautlos und geübt vor sich, dass die Sonne kaum eine Handbreit über dem Horizont erschienen war, bevor alles zum Aufbruch bereit war.

Nábi'dilziih reichte mir meine zusammengerollten und verschnürten Decken, die ich mir an dem Seil diagonal über den Rücken schwang, und einen mit Gegenständen und getrockneter Nahrung gefüllten Lastkorb, dessen Riemen ich mir über die Stirn legte. Meinen Grabstock nahm ich in die Hand, mittlerweile hatte ich sogar ein kleines Messer bekommen, das in meinem Gürtel steckte. Auch *Keh* erhielt zusätzlich zu ihrem kleinen Tragekorb einen Ledersack, den sie über die Schulter hängte. Die Apachenfrau selbst nahm ebenfalls einen Korb und das letzte Bündel, dann verließ sie das Lager, ohne einen Blick zurückzuwerfen. Wir folgten ihr.

Draußen waren bereits andere Familien ebenfalls bereit zum Aufbruch. Nur zwei weitere Familien besaßen Tipis und genug Pferde, um sie zu transportieren. Ich bemerkte, dass jede Frau und jedes Mädchen mit Bündeln und Körben bepackt war, und dass die Jungen, die noch keine Krieger waren, ihre Schlafdecken zu einer Rolle geschnürt hatten, die sie an einem Riemen diagonal über den Rücken trugen. Sogar die alten Menschen waren beladen, selbst wenn sie am Stock gingen. Die älteren Jungen und die Krieger trugen nur ihre Waffen und verteilten sich zu Fuß auf den Höhen rund um das Dorf. Zwei Krieger, darunter *Ko Ɂìgą̀*, ritten auf ihren Pferden voraus, um den Weg auszukundschaften. Die Hundemeute des Lagers wartete in respektvoller Entfernung, sie schien Umzüge dieser Art schon öfters erlebt zu haben.

Eine ältere Frau machte den Anfang und schritt zügig den dem alten Lagerplatz gegenüberliegenden sachten Hang hinauf. Die Gruppe von Frauen und Kindern folgte ihr, wobei ich mich unwillkürlich etwas hinter *Nábi'dilziih* hielt. *Keh* hüpfte munter neben mir das Geröllfeld hinauf, ihr kleines Körbchen tanzte auf ichrem Rücken. Sie schien den Aufbruch in vollen Zügen zu genießen. *Nábi'dilziih* und ich führten je eines der Pferde, und zu Beginn achtete ich sehr darauf, welchen Weg ich das Tier mit seiner ausladenden Last führen sollte. Doch bald wurde mir klar, dass das Pferd sehr trittsicher war, sich selbst den besten Pfad aussuchte und wenig Hilfe von mir benötigte. Gesprochen wurde nicht viel, vielmehr konzentrierten sich die Frauen auf den Weg und auf die am Wegrand wachsenden Pflanzen. Mir war es ein Rätsel, wie die Frauen gesammelte Pflanzen noch zusätzlich in ihre ohnehin vollen Körbe schichten wollten, doch es gelang ihnen mühelos, ebenso, wie sie am Gürtel hängende Lederbeutel füllten. Mehr und mehr wurde mir klar, dass es nichts Wichtigeres im Leben der Menschen gab, als Essen zu finden. Das raue Land und die ständige Verfolgung durch die Weißen reduzierten die Tätigkeiten auf das Nötigste.

Einmal blieb *Nábi'dilziih* zusammen mit *Hasdádogaałs* Mutter an einem Busch stehen. Die kurzen, tropfenförmigen und saftig grünen Blätter wuchsen schräg nach oben, und an den Ästen hingen an Dolden in regelmäßigen Abständen ausgebeulte bohnenähnliche Früchte, die rasselten, als ich sie berührte. Die beiden Frauen pflückten mehrere Hände voll dieser Schoten, und als ich ebenfalls ein paar herunter riss, um ihnen zu helfen, bedeutete mir *Nábi'dilziih*, dass ich die Schoten ja nicht essen sollte. Sie öffnete eine von ihnen und zeigte mir leuchtend rote, harte Kerne. Auch bei diesen Kernen wiederholte sie die Geste, dass sie ungenießbar waren. Stattdessen zog sie mit einem Finger eine weite Linie um ihren Hals, und ich begriff: dies waren Mescal-Bohnen, *yułtudi*, die durchbohrt und als Perlen getragen wurden.

Ein weiteres Mal ernteten viele Frauen auf dem Weg von einem niedrigen Baum gelbliche, fleischige und runde Früchte, so groß wie meine Fingerkuppe. Auch diese Früchte waren nicht zum Essen gedacht, wie ich am neuen Lagerplatz herausfand, sondern es waren die Früchte des Soapberry, *kiłtsogé*. Diese Früchte ergaben zerdrückt und vermischt mit Wasser einen seifigen Schaum, der gerade nach einem anstrengenden Fußmarsch oder einem Tag voll ermüdender Lederbearbeitung eine Wohltat war.

Bis auf die Unterbrechungen, wenn wir Beeren, Blätter, Wurzeln oder Rinde sammelten, ging der Marsch ohne Pausen weiter. Unablässig erkundeten die Krieger den Weg vor uns, sicherten den Weg hinter uns und zu unserer Seite. Es kam mir ausgesprochen merkwürdig vor, dass Apachen mich und die Menschen rund um mich vor Soldaten beschützten. Auch die Hunde waren ständig um uns herum unterwegs, seltsam leise und wie schmale Schatten. Gegen Mittag sah ich mich sehnsüchtig nach etwas Wasser um, doch das Einzige, was ich fand, waren wieder einmal einige wenige *Hosh ch'iyáni*, die ich mit *Nábi'-dilziih* und *Keh* teilte. Ich musste zugeben, dass ich sehr schnell gelernt hatte, welche Pflanzen man essen konnte, da ich an vielen Tagen hungrig schlafen ging. Oft hatte ich das Gefühl, dass die Nahrung durch mich hindurch strömte, ohne eine Sättigung zu hinterlassen. Und immer wieder fragte ich mich mit mulmigem Gefühl, wie es mir wohl gehen würde, wenn ich bis zum Winter immer noch in diesem Lager war.

Am späteren Nachmittag ging ein Regenschauer nieder, den wir unter einer Gruppe mächtiger Baumwollpappeln abwarteten. Danach konnten wir und die Tiere unseren Durst im Vorübergehen an einigen Wasserlöchern auf den porösen Felsen stillen. Als die Dunkelheit hereinbrach, suchten wir einen geschützten Ort, um zu nächtigen. Man errichtete keine Zelte oder Hütten, aber es wurde mehrere niedrige Feuer angezündet. Tatsächlich hatten die Männer eine Antilope geschossen, die zerlegt und über den Feuern gebraten wurde. Zusammen mit den zahlreichen Pflanzen der Frauen ergab es für jeden eine fast sättigende Mahlzeit. Nachdem die Feuer niedergebrannt waren, schoben die Menschen die warme Asche auseinander und schichteten Grasunterlagen darauf auf, auf denen wir in unsere Decken gewickelt behaglich warm schliefen, bewacht von den Kriegern.

Bei Morgengrauen zogen wir weiter, unermüdlich und stetig. Wieder sammelten wir unterwegs, und auf diesem Weg war es das erste Mal, dass ich selbständig auf Suche ging. Mit meinem Grabstock hebelte ich eine junge *ikaz*, Sotol-Agave aus der Erde, von der ich mittlerweile wusste, dass nahezu alles an ihr gegessen werden konnte. Ich schnitt mit meinem Messer den saftigen Blütentrieb und die fleischigen Blätter ab und steckte diese sowie das Herz der Pflanze in meinen Beutel. Ich wusste, dass dies alles gekocht und mit der pulverisierten Rinde der Baumwollpappel zu einer sämigen Suppe verarbeitet werden konnte.

Vor allem seit ich das Messer erhalten hatte, war mir klar geworden, dass ich zumindest von einigen des Stammes eher als seltsames neues Mitglied, denn als Gefangene betrachtet wurde. Die Geschichte unserer Begegnung war wahrscheinlich insgesamt zu außergewöhnlich, als dass man mich verspotten und misshandeln konnte. Außerdem hatte ich bisher noch nie einen Fluchtversuch unternommen oder auch nur einen Gedanken an eine geplante Flucht verschwendet. Ich hatte den leisen Verdacht, dass *Keh*s anhängliches Verhalten mich zudem positiv erscheinen ließ – Kinder wurden geliebt und beschützt, und unwillkürlich tat ich genau dies mit dem Mädchen. Mittlerweile ahnte ich, dass *Keh* eine Art Seelenverwandte in mir sehen musste, da ich wie sie stumm blieb, wenn auch aus anderen Gründen.

Gegen Nachmittag fanden die Frauen einen neuen Lagerplatz, wieder an einer versteckten Quelle, diesmal auf einer breiten Ebene zwischen

135

zwei Bergrücken. Zahlreiche Bäume wuchsen verteilt um die Wasserstelle und spendeten Schatten. An einer Bergseite des Lagerplatzes erhoben sich stufenförmig Kalkplatten, aufeinandergeschichtet wie ein Stapel Holzbretter. Blassgrüne Eidechsen huschten davon, als wir uns der Fläche näherten, die groß genug für mehrere Hütten und Zelte schien. Brennholz und Baumaterial waren vorhanden, und der tief eingeschnittene Arroyo war zu weit entfernt, um das Lager mit sommerlichen Sturzfluten zu gefährden.

Ich folgte *Nábi'dilziih* bis zu einer Stelle unter einer weit ausladenden Madroño und legte meine Last neben ihrem Bündel ab. Sogleich begann sie, die Pferde abzuladen, und ohne, dass sie es mir sagen musste, schloss ich mich ihr an. Ich hatte verstanden, dass ich mithelfen sollte, dass ich zwar keine Sklavin, aber auch kein Gast war. Und je länger ich bei diesen Menschen war, desto einfacher schien es mir, ihr Vertrauen zu gewinnen. Meine Neugier auf ihr Leben, die aus der Sicherheit der elterlichen Ranch heraus so einfach und unverbindlich gewesen war, musste sich nun beweisen. Ich hatte nicht absehen können, dass meine Taten mich hierhergeführt hatten, aber es schien mir auch nicht der falsche Weg zu sein.

Die beiden Jungen waren sofort zur Stelle, um die von ihrer Last befreiten Pferde zuerst zur Quelle und dann zu einer kleinen grasbewachsenen Lichtung zu führen. Aus den Augenwinkeln sah ich, wie beide Tiere ausgiebig tranken und sich dann auf dem Gras wälzten, um das Gefühl der Stangen auf dem Rücken loszuwerden. *Hidagoo* und *Tł'ooł* überließen die Pferde sich selbst und kehrten zu uns zurück.

Keh hob nun einen heruntergefallenen, aber noch belaubten Ast auf und fegte eine runde Fläche auf dem steinigen Boden frei. Sie schob die größeren Steine mit den Füßen ins Gebüsch, dann machte sie sich sofort daran, Reisig und Gras zu suchen. *Nábi'dilziih* winkte mich nun zu sich und bedeutete mir, zwei der Zeltstangen zu ihr zu bringen. Sie selbst hatte zwei weitere Stangen nebeneinander auf den Boden gelegt und schob nun meine beiden Stangen rechtwinklig dazu. Die Frau verknotete die Pfosten dort, wo sie sich etwa vier Handbreit unter der Spitze kreuzten, mit einem sehr langen und starken Seil. Sie wies mich an, eine der Stangen zu ergreifen, während sie einen Schritt zurücktrat und das Seil spannte. Dann traten die Jungen und *Keh* jeweils zu den drei verbliebenen Stangen. Auf *Nábi'dilziih*s Zeichen und während sie kräftig und stetig am Seil zog, richteten wir alle gleichzeitig die vier Zeltstangen auf der vorbereiteten Stelle auf. Kaum standen sie senkrecht, liefen wir auseinander und stemmten sie an vier einander gegenüberliegenden Seiten in den Boden, sodass ein vierbeiniges Gerüst entstand. Die anderen Stangen wurden nacheinander in die Gabelung an der Spitze des Gerüsts gelegt. *Hidagoo* ergriff nun das Seil, spannte es und rannte ein paar Mal um das Gerüst herum, wodurch die restlichen Stangen in der Gabelung festgeschnürt wurden. Dann zog er das Seil in die Mitte der Zeltkonstruktion. *Nábi'dilziih* schlug zwei sich kreuzende Holzpflöcke im Boden im hinteren Drittel des Tipis ein und verknotete das Seil sorgfältig. Nun wurde die Zeltplane an der letzten Stange befestigt, gerafft, und wir alle halfen, diese Stange aufzurichten, um sie als letzte in die Gabelung zu lehnen. Wie ein Mantel wurde die Plane um das Gerüst gezogen und mit kleinen Holzstäbchen vorne verschlossen. Der Eingang, der zur Mitte des Lagerplatzes zeigte, wurde mit einem herunterhängenden Stück Stoff bedeckt.

Dies alles war ebenfalls wieder erstaunlich schnell geschehen, und als ich mich umsah, stellte ich fest, dass verteilt rund um die Mitte des Lagerplatzes bereits die anderen Tipis und neuen Wickiups standen. Wir brachten das gesammelte Reisig sowie unsere Decken in das *kųųghą łiga'í* und legten sie an den gleichen Stellen wie am alten Lagerplatz aus, dann leerten wir unsere Körbe und Lederbeutel.

Während *Nábi'dilziih* ein Feuer im Eingangsbereich des Zeltes entzündete und die wenigen Werkzeuge und Gebrauchsgegenstände einrichtete, holte ich Wasser und nutzte die Gelegenheit, mich vorsichtig am neuen Ort umzusehen. Die Männer waren noch nicht ins Lager zurückgekehrt. Einige erkundeten die Umgebung und sicherten sie. Andere sah ich flüchtig, wie sie ein Stück abseits von den Zelten aus Stangen, Ästen und Decken eine runde, kuppelförmige Schwitzhütte und eine Feuerstelle errichteten, damit die Jäger und Krieger sich reinigen konnten. Ohne darüber nachzudenken, begriff ich, dass dieser Bereich wie im alten Lager von nun an für mich und die anderen Mädchen und Frauen verboten war.

Trotz der noch insgesamt sehr ungewohnten Situation fing ich an, eine gewisse Routine zu entwickeln, Dinge wieder zu erkennen, die richtigen Worte zu wissen, und diese kleinen Erfolge gaben mir mehr und mehr Sicherheit. Als das Feuer brannte, füllte Ko ʔìgą`s Schwester Wasser in den kleinen Kessel, zerteilte die *ikaz*, die ich gesammelt hatte und fügte etwas zerstoßenes Trockenfleisch hinzu. Ich meinte, sie beim Kochen lächeln zu sehen. Und plötzlich fühlte ich nach den Schrecken des Überfalls, den Entbehrungen der Reise, der Anfeindungen und Unsicherheit in diesem Lager zum ersten Mal ein Glücksgefühl in mir aufsteigen, das mich auch nicht verließ, als die Jungen und Ko ʔìgą` sich an das abendliche Feuer setzten und schweigend mit uns aßen. Auf irgendeine Art und Weise war ich angekommen.

Wildlederkleid für eine Pubertätszeremonie, Mescalero Apache Cultural Center, New Mexico (©VE)

7. „Dįį' - Vier"

Im Nachhinein glaube ich, dass alles sich nach dem Fest zu ändern begann. Nicht, dass die Veränderung abrupt und überraschend kam, es setzten sich einfach mehr und mehr Dinge in Gang, die ich nicht hatte vorhersehen können, die ich nicht beeinflussen konnte, und als ich den Lauf der Zeit erkannt hatte, war ich bereits zu tief gefangen. Gefangen in der Ernsthaftigkeit und Verbundenheit den Mescalero gegenüber, und gefangen in meiner Suche, meinem Konflikt, den keiner gewinnen konnte. Ein weiser Mann hatte mal gesagt, dass es nicht unsere Fähigkeiten waren, die uns definierten, sondern unsere Entscheidungen. Und ich hatte entschieden.

Kaum, dass wir an dem neuen Lagerplatz angekommen waren, stellten sich die täglichen Arbeiten wie gewohnt ein. Doch unsere Bemühungen, viele Nahrungsmittel zu finden, die ich zunächst als Vorsorge für den Winter deutete, waren in Wahrheit die Vorbereitungen für ein Fest. Ich wurde von *Nábi'dilziih* nun nicht nur mehrmals am Tag auf die Suche nach Pflanzen geschickt, sie schickte auch *Keh* und mich allein los, und darin sah ich einen weiteren Vertrauensbeweis. *Nábi'-dilziih* verarbeitete im Lager alles, was wir brachten. Sie trocknete, räucherte, zermahlte, bündelte, kochte und briet, und da ich andere Frauen mit dem gleichen Eifer bei den gleichen Arbeiten sah, wurde mir mehr und mehr bewusst, dass etwas Besonderes bevorstand.

Ko Ꮞigą̀ hatte ich seit der Ankunft am neuen Lagerplatz kaum mehr gesehen, in manchen Nächten schlief er auch nicht bei uns im *kųųghą łiga'í*, wenngleich die beiden Jungen *Tł'ooł* und *Hidagoo* jeden Abend kamen. Er jagte auch nicht mehr oder kehrte zumindest nicht mit der Beute zu uns zurück. Nur einmal sah ich ihn kurz mit dem älteren Mann, der sich sehr oft im Wickiup der beschenkten Familie aufgehalten hatte: *Biyo'*, Seine Perle, und vier weiteren Männern. Sie schenkten mir keine Beachtung, und ich hatte das Gefühl, ich sollte dies auch nicht tun.

Eines frühen Morgens sah ich diese Gruppe Männer in die Berge gehen. Sie führten Äxte und Seile mit sich, *Biyo'* trug eine kleine Trommel mit einem dazugehörenden kreisförmig gebogenen dünnen Schläger, und eine kleine Rassel, bestehend aus einem mit Leder überzogenen Stock, an dessen Ende acht Hufschalen von Rehen befestigt waren. Eine andere Gruppe Männer zog am gleichen Tag los und brachte große Mengen Feuerholz zurück, das etwas abseits vom Lagerplatz auf einen Haufen gelegt wurde. Außerdem brachten sie zahlreiche große belaubte Eichen- und Pinienäste, sowie ein dickes Bündel Blätter der Rohrkolben, die rund um die Quelle wuchsen, herbei. Der zentrale Lagerplatz wurde gesäubert und in Richtung Osten ein langer Streifen von Steinen, Ästen und Buschwerk befreit.

Als *Biyo'* und die fünf Männer schließlich ins Lager zurückkehrten, liefen ihnen alle Frauen und Kinder entgegen. Die Männer trugen insgesamt zwölf dünne lange Pinienstämme, an deren Spitzen sich noch je ein Büschel Äste befand. Die Frauen stießen hohe Trillerrufe aus, die mich im ersten Moment erschreckten, und ich erfuhr später, dass dies der Siegesruf war, wenn die erfolgreichen Krieger von einem Beute- oder Kriegszug wiederkehrten. Zunächst wurden die Stämme von den Männern unter Gesängen und Gebeten kreisförmig niedergelegt, die Spitzen nach außen, und mit gelbem Pollen gesegnet. An der Spitze eines Stammes wurde ein zusätzliches Bündel mit Süßgras befestigt. Dann verließ jeder den Platz.

An diesem Abend, nachdem ich wie gewöhnlich nach dem Essen die Schüsseln gewaschen und fortgeräumt hatte, ergriff *Nábi'dilziih* meine Hand und legte eine zusammengerollte *laatsíné*, Kette, hinein. Staunend betrachtete ich sie beim Licht des Feuers. Es waren auf eine feine Sehne aufgefädelte Samen verschiedener Farben und Größen, darunter die harten Kerne der Wacholderbeeren und die roten Mescal-Bohnen. Einige wenige blaue und weiße Glasperlen schimmerten dazwischen hervor, und mehrere sorgsam durchbohrte kleine Schneckenhäuser hingen in der Mitte. *Nábi'dilziih* ermutigte mich, sie anzulegen, und als ich sie mir über den Kopf streifte, nickte sie zustimmend. Gerührt wollte ich etwas sagen, aber die Frau verschwand bereits wieder im Zelt.

Mit dem abgedichteten Wasserkrug, der Haarbürste aus abgerundeten Zweigen und einer Schale eingeweichter *kiłtsogé* kehrte sie zurück. Gemeinsam mit dem Mädchen machten wir uns in der Abenddämmerung auf den Weg zum Waschplatz. Dort waren auch andere

Frauen dabei, sich und ihre Haare gründlich zu waschen und zu spülen, und ihr Haar anschließend zu kämmen. Scheinbar hatten wir am folgenden Tag am Morgen keine Zeit für das übliche Bad. Zunächst zogen wir unsere Kleidungsstücke aus, wuschen diese, schwenkten sie im klaren Wasser aus und breiteten sie auf Büschen aus. In der immer noch lauen und windbewegten Abendluft würden die Stoffe rasch trocknen. Anschließend seiften wir uns und unsere Haare gründlich ein, bevor wir den Schaum abspülten. In unseren halbtrockenen Kleidern setzten uns hintereinander, um uns gegenseitig die nassen Haare zu kämmen.

Zurück beim Zelt legte *Nábi'dilziih* mir eine neue weiße Bluse in die Arme. Zusammen mit der Kette stellte dies wohl meine Festtagskleidung dar, die ich am nächsten Tag tragen sollte. Nun war ich vollkommen überzeugt, dass ein ungewöhnlicher Anlass bevorstand. Wir kehrten zum Tipi zurück, wo wir die guten Kleider neben unserer Bettstatt bereitlegten – augenscheinlich, um sie morgen früh gleich anziehen zu können. Auch *Keh* hatte ein neues Kleidchen aus hellblau gemustertem Stoff erhalten, und sie faltete es sorgsam neben unserem Lager zusammen.

Früh am Morgen weckte uns *Nábi'dilziih*, es dämmerte noch nicht einmal. Verschlafen blinzelte ich sie an, das Mädchen neben mir jedoch war sofort hellwach. Es erhob sich und griff nach seinem neuen Kleid, und auch mir wurde klar, dass ich nun nicht liegen bleiben konnte. Nachdem wir unsere guten Kleider und den Schmuck angezogen hatten, versammelten wir uns alle an dem freien Platz, an dem gestern die Stangen niedergelegt worden waren.

Vier der gestern geschlagenen Pinienstämme wurden gerade von mehreren Männern unter Gebeten und Gesängen senkrecht aufgestellt, einer jeder Himmelsrichtung entsprechend, im Abstand von vielleicht drei Metern. An einer Stange war ein langes Seil befestigt. Nun ließ man die Spitzen der Stämme gleichzeitig und vorsichtig in die Mitte sinken, bis sie sich berührten. Indem ein junger Mann mit einem Seil außen um die aufgestellten Stangen herumlief, wurden ihre Spitzen oben sorgfältig zusammengeschnürt. Die verbliebenen acht Stämme wurden in den Zwischenräumen aufgerichtet, angelehnt und ebenfalls mit dem Seil festgebunden. Dann flocht man die vorbereiteten Eichen- und Pinienäste in die Zwischenräume der Stangen, bis das so entstandene übergroße *kųųghą łiga'í*, höher als zwei Männer reichen konnten, im unteren Teil wie ein Wickiup mit einer Blätterwand versehen war. Um den oberen, noch freien Stangenbereich schlang ein junger Mann, der behutsam an einer Stange emporstieg, von Westen her eine breite helle Stoffdecke. Der hohe Eingang des Tipis zeigte nach Osten und war genau auf die Schneise ausgerichtet, die die Männer am Tag zuvor gesäubert hatten. Einige der großen Pinienäste wurden zu einer Allee beidseitig vom Eingang in die Erde gesteckt. Wie ein Teppich wurden die Blätter der Rohrkolben im Inneren des Zeltes ausgestreut.

Kaum war das große Zelt fertig geworden, da brachte *Hasdádogaał*s Mutter mehrere Decken herbei und faltete eine davon zu einem Polster zusammen, das sie mittig an die Rückwand auf den Boden des Zeltes legte. Die anderen breitete sie davor aus. Ganz allmählich färbte sich der Himmel heller und nahm ein sattes Blau an, und der Gesang der Männer wurde lauter. Wieder hörte ich die Hufrasseln und leise Gesänge, und nun sah ich das Mädchen aus dem Familienwickiup kommen.

Einen Moment lang stockte mir der Atem. *Hasdádogaał* trug ein knöchellanges, gelblich gefärbtes und reich verziertes Wildlederkleid mit langen Fransen, hohe Ledermokassins, sowie eine wundervolle Kette aus mehreren Strängen länglicher Knochenperlen und Mescal-Bohnen, verziert mit einer schimmernden Muschelscheibe und einem durchbohrten Türkisstein. An den vorderen Fransen des Kleides hing ein dünnes Röhrchen und ein schmales Holzstöckchen. Zwei dunkle Adlerfedern waren am Hinterkopf in ihrem offenen hüftlangen Haar befestigt. Auf ihrem Scheitel sah ich gelblichen Pollen. Ihre dunklen Augen schimmerten in ihrem ernsten Gesicht, den Blick in unbestimmte Ferne gerichtet. Sie wurde von *De'k'ùzhe* begleitet, die sie in das Tipi und zu dem Deckenpolster führte. Gerade als das Mädchen auf den Decken niederkniete, schickte die aufgehende Sonne einen blendenden Lichtblitz in das Tal.

Hasdádogaał kniete aufrecht und mit ausdruckslosem Gesicht auf den Decken, dem Licht zugewandt, während *Biyo'* mit einem Ledersäckchen vor ihr niederkniete und mit zwei Fingern

Pollen herausnahm. Er strich dem Mädchen den Pollen auf die Stirn, welches das gleiche mit ihm tat. Als er aufstand, zeichnete das Mädchen die ältere Frau neben ihr und viele andere, die zu ihr traten, mit dem Pollen. Ich erkannte, dass es sich um eine Art Segnung handeln musste. *Nábi'dilziih* zog *Keh* mit sich und stellte sich ebenfalls in die Reihe, nur ich hielt mich scheu im Hintergrund.

Danach wurde das Mädchen auf die ausgebreiteten Decken niedergelegt, mit dem Gesicht nach unten, und *De'k'ùzhe* massierte mit geübten Händen ihren Körper. Als *Hasdádogaał* sich wieder aufrichtete und aufstand, entfaltete *Biyo'* ein helles Stück Rehleder vor ihr auf dem Boden. Mit Pollen zeichnete er vier Halbmonde auf das Leder, in die das Mädchen unter Gesängen vorsichtig vier Schritte setzte.

Nun teilte sich Menge der Menschen und gab die Schneise nach Osten frei. Einer der Männer trug einen flachen geflochtenen Korb, der mit verschiedenen Dingen, die ich nicht erkennen konnte, gefüllt war, ein Stück nach Osten und setzte ihn ab. Der Gesang endete plötzlich, und das Mädchen rannte unter Trillerrufen der Frauen los, aus dem Zelt und auf den Korb zu, umrundete ihn und kehrte zurück zum Tipi. Sofort setzte der Mann den Korb ein Stück näher zum Zelt, und das Mädchen rannte erneut los, um den Korb herum und wieder zurück. Insgesamt viermal rannte das Mädchen, ihre Kette aus Knochenperlen klimperte im Rhythmus ihrer Schritte, und jedes Mal, wenn sie rannte und heimkehrte, feuerten die Zuschauer sie mit lauten Rufen an.

Nach dem vierten Mal verschwand sie im *kųųghà* ihrer Familie, *De'k'ùzhe* begleitete sie. Sofort begannen die Verwandten des Mädchens, Essen herauszubringen. *Nábi'dilziih* fasste mich am Arm und zog mich hinüber zu den Töpfen und Schalen. Auf jedem Gericht sah ich eine feine gelbliche Staubschicht liegen, und später erfuhr ich, dass *Hasdádogaał* während des ganzen Festes die Speisen mit Pollen segnete.

„*Náda'adâ* - sie wird zur Frau", sagte *Ko ʔìgą̀*'s Schwester leise zu mir, und endlich verstand ich. Dieses Fest wurde zu Ehren des jungen Mädchens gegeben, das nun ins heiratsfähige Alter kam. Dafür hatten die Menschen all die Nahrung und das Leder gebracht, um die Familie zu unterstützen, dafür waren die Mescal-Bohnen gesammelt und der Platz vorbereitet worden.

Die feierliche Stimmung, die während des Sonnenaufgangs geherrscht hatte, ging nun über in den offensichtlichen Beginn eines fröhlichen Festes. Zum ersten Mal seit Langem gab es ausreichend zu essen, und obwohl ich mir sicher war, dass wir nicht den ganzen Tag herumsitzen würden, genoss ich diese Unterbrechung des Alltags sehr. Ich merkte außerdem, dass die Frauen mir verstohlene Blicke zuwarfen, dass sie mein gewaschenes blondes Haar, die weiße Bluse und die Kette betrachteten, und ich fragte mich, ob ich in ihren Augen hübsch oder nur ungewöhnlich war. Die Männer beachteten mich nach wie vor kaum, und da ich *Ko ʔìgą̀* immer noch nicht unter ihnen sah, war ich auch ganz froh, unauffällig bleiben zu können.

****

Nachdem wir gegessen hatten, kehrten *Nábi'-dilziih*, *Keh* und ich zu unserem *kųųghą̀ łiga'í* zurück, wuschen unsere Schüsseln aus und kleideten uns um. In unserer gewöhnlichen Kleidung holten wir Wasser und Holz, unternahmen einen kurzen Ausflug, um Pflanzen zu sammeln, trafen dann aber schon wieder am frühen Nachmittag im Lager ein. Nach einer kurzen Erfrischung im

Bach trafen wir uns wieder in unserer Festtags-kleidung mit anderen Frauen im Halbschatten unter einem Baum, wo einige Frauen den steini-gen Boden glattgestrichen hatten.

Drei Frauen, darunter auch diejenige, die mich am ersten Morgen am Badeplatz geschlagen hatte, saßen um einen kleinen Kreis aus Steinen, der um einen größeren Stein in der Mitte gebildet worden war. Die ringförmig angeordneten Steine lagen in vier Linien um das Zentrum, mit je einer kleinen Lücke zur nächsten Zehnerreihe. Am Be-ginn jeder Zehnerreihe lag ein kurzer Stock. Eine Frau hatte drei kurze gespaltene Holzstäbe in den Händen. Die flache Seite der Stäbe war mit einem schwarzen Balken verziert, die runden Flächen waren lediglich gelb bemalt. *Ko Pigą*'s Schwester setzte sich als vierte Spielerin im Kreis der Frauen nieder, ich suchte mir einen Platz etwas im Hin-tergrund, von dem aus ich dem Geschehen folgen konnte, und *Keh* kuschelte sich an meine Seite.

Schon nach kurzer Zeit wurde mir klar, dass die Frauen eine Art Würfelspiel spielten, bei dem die jeweils oben liegenden gelben Markierungen der Würfelstäbe gezählt wurden und der kurze Stock jeder Spielerin im Spielfeld eine entsprechende

Anzahl Steine weitergerückt wurde. Die Zählung war jedoch nicht einfach, denn je nach Kombination der oben liegenden Markierungen zählte jeder Wurf anders. Ich bemerkte schnell, dass es besonders viel zählte, wenn es gelang, alle drei runden gelb bemalten Seiten nach oben zu werfen, denn jedes Mal, wenn das geschah, rief die entsprechende Frau laut *yäh*, was große Freude ausdrücken sollte, berührte den großen Stein in der Mitte und durfte noch einmal werfen. Und offenbar ging es auch um Wetteinsätze, denn die Frauen waren mit vollem Herzen bei der Sache. Körbe, Beutel und sogar ein Gürtel wechselten den Besitzer, und obwohl ich die Spielregeln nicht zur Gänze verstanden hatte, folgte ich dem Geschehen aufmerksam.

Ich beobachtete *Nábi'dilziih* über längere Zeit hinweg und bemerkte, dass sie sehr gut spielte. Immer wieder schlug sie ihre Gegnerinnen aus dem Feld, verlor nicht die Geduld und hatte sehr viel Glück mit den Würfelstäben. Auch *Keh* folgte dem Spielverlauf mit großem Interesse, und als *Nábi'dilziih* schließlich gegen Ende des Spiels ein guter Wurf gelang, lachte das Mädchen freudig auf. Das lenkte die Aufmerksamkeit der Frauen auf das Kind und mich, und obwohl ich nichts gesagt oder getan hatte, fühlte ich, dass sie mich herausfordern wollten. Die ältere Frau, die mir meine Wehrhaftigkeit an der Waschstelle immer noch nicht verziehen hatte, nickte auffordernd zu mir und sagte etwas zu den anderen Frauen, denen daraufhin ein leises Lächeln um die Lippen spielte. *Nábi'dilziih* blickte kühl von einer zur anderen und sagte dann zu mir:

„*Ch'idii dldidlaago*, Die, die viel schwatzt, möchte, dass du die Stäbe für meinen nächsten Zug im *tsaydithl* wirfst."

Meine Fähigkeiten in der Mescalero-Sprache hatten sich so weit verbessert, dass ich meist zwar den Zusammenhang der Worte verstehen konnte, mir aber nie ganz sicher war. Doch *Ko ʔìgą*`s Schwester rückte ein wenig zur Seite, damit ich im Kreis der Spielerinnen Platz nehmen konnte. *Keh* blickte mich auffordernd an und nickte heftig, und so erhob ich mich und kauerte mich am Spielfeld nieder.

„Wie viel?", fragte ich *Nábi'dilziih*, da ich ahnte, dass ich vielleicht den entscheidenden letzten Spielzug spielen würde.

„*Dįį'* - Vier", sagte die Frau und lächelte. Ich nahm die Stäbe in die Hand, so wie ich es auch

155

bei den anderen Spielerinnen immer gesehen hatte, ließ die Spitzen auf der glatten Erdoberfläche aufstehen und gab die Stäbe frei. Als sie fielen, umklammerte *Keh* unwillkürlich meinen Arm, und als die entsprechenden Seiten oben lagen, stieß das Mädchen einen leisen Schrei aus.

„*Dįį'*- Vier", wiederholte *Nábi'dilziih* ganz ruhig, rückte ihr Holzstückchen an das Ende ihrer Reihe und nahm die silberne Armspange, die *Ch'idii dldidlaago* als Wetteinsatz in die Mitte gelegt hatte. Es herrschte verblüfftes Schweigen in der Gruppe, die Frauen sahen mich nur an, die ich ebenso sprachlos war wie sie. Dann bedeutete mir *Ko ʔįgą̀*`s Schwester, dass wir gehen würden, und rasch erhob ich mich.

Dass ich die richtige Zahl geworfen hatte, verunsicherte mich fast mehr, als wenn ich verloren hätte. Doch ich konnte sehen, dass *Nábi'dilziih* sich auf dem Weg zu unserem Zelt heftig das Lachen verbeißen musste. Wie hatte sie ahnen können, wie hätte irgendwer ahnen können, dass ich genau diese Anzahl werfen würde? Oder hatte sie nur gehofft, dass die ältere Frau, die mich ein zweites Mal demütigen wollte, einen erneuten Denkzettel erhielt?

Ga'ahe-Tänzer in Mescalero, New Mexico, (©VE)

157

8. GA'AHE

Der Abend dunkelte nun über dem Dorf, und *Nábi'dilziih* kehrte mit uns nur zum Zelt zurück, um für jeden eine Decke zu holen. Mit den Decken über den Schultern schritten wir zu dem Platz, an dem das große Tipi stand. Wieder begannen die Verwandten von *Hasdádogaał*, Speisen in Körben und Töpfen herauszubringen, und alle Menschen kamen, um zu essen. Wir drei nahmen uns ebenfalls Fleisch und Brot und zogen uns ein wenig zurück. Danach holten wir noch jeder eine gebackene, getrocknete Scheibe Mescal, deren rauchig süßer Geschmack für mich immer noch ungewohnt, aber angenehm war.

Die Männer hatten inzwischen begonnen, in der Mitte des Platzes gegenüber dem Zelteingang das Feuerholz zu einem großen Haufen aufzuschichten. Ich sah, dass die Männer nicht beliebig um das Feuer herumliefen, sie näherten sich dem Holzstoß immer von Osten, umschritten ihn in Richtung Süden, Westen und Norden und verließen den Platz wieder nach Osten gehend. Zuerst säuberten sie eine Fläche, dann schichteten sie kleine Zweige pyramidenförmig auf, danach legten sie größere Äste darüber, und unter leisen Gesängen und Gebeten entzündete *Biyo'* das Feuer mit einem brennenden Zweig.

Mittlerweile hatten sich nahezu alle Bewohner des Dorfes um den Platz eingefunden, die meisten ebenfalls mit ihren Decken. Alle setzten sich in einem weiten Kreis an den Rand des Platzes, offensichtlich in freudiger Erwartung. Das Feuer schlug höher und höher, und plötzlich hörte ich ein unheimliches Geräusch, halb Gesang, halb Geschrei, langsam anschwellend und aus dem Dunkel kommend. Kurz danach erschienen fünf Gestalten von Osten aus dem nicht mehr vom Feuer erleuchteten Bereich, und ihr Anblick erschreckte mich im ersten Moment so sehr, dass mein Herz rasend zu schlagen begann. *Keh* klammerte sich heftig an mich, und ohne nachzudenken legte ich meinen Arm um sie.

Die fünf Männer betraten in einer Reihe hintereinander den Feuerschein. Vier von ihnen trugen hohe Ledermokassins mit Metallschellen am Schaft, darüber ein rockähnliches Kleidungsstück aus Wildleder, bemalt und reich mit Fransen, Federn, Metallzylindern und Stoffbändern verziert.

Ihre Oberkörper waren unbekleidet und ganz mit schwarzer Farbe bemalt. Jedem von ihnen war mit weißer Farbe diagonal über die Brust ein Blitz gezeichnet worden, auch entlang ihrer Arme zog sich ein weißer Blitz bis zum Handgelenk. Um ihre Oberarme war je ein roter Stoffstreifen befestigt, der bis zu den Knien reichte und an dem Federn befestigt waren. In jeder Hand hielten sie einen flachen Holzstab, der mit weißer Farbe und schwarzen Zickzackmustern bemalt war.

Am unheimlichsten aber waren ihre Masken. Diese bestanden aus einem schwarzen Stoffsack, der eng über das Gesicht gezogen und am Hals verknotet war, und in den nur winzige Löcher für die Augen geschnitten waren. Oben auf dem Kopf war ein Büschel schwarzer Federn befestigt, und wiederrum darauf ein Aufsatz aus flachen, weiß, gelb und schwarz verzierten Holzstäben: einer waagrecht und drei senkrecht darauf stehend, zwei am Rand und eines in der

Mitte, wie ein liegendes „E". Der kronenartige Kopfschmuck wippte bei jeder Bewegung.

Der fünfte Mann, der als Letzter lief, trug ebenfalls hohe Schuhe, sowie einen eher nachlässig gefertigten und kaum verzierten Rock. Sein Oberkörper war weiß bemalt, ein schwarzer Mond und ein Stern waren darauf angedeutet. Schwarze Linien zogen sich an seinen Armen entlang, und auf seiner weißen Gesichtsmaske saß kein Holzgestell. In den Händen hielt er zwei schwarze Federn.

Die fünf Männer liefen auf den Platz und umkreisten das Feuer viermal in derselben Richtung wie auch die Männer, die das Holz aufgeschichtet hatten. Währenddessen stießen sie hohe, trillernde Laute aus und hielten die Holzstäbe mit ausgebreiteten Armen wie schützend vor sich. Nach der vierten Runde blieben sie hintereinander östlich des Feuers stehen, verhielten einen Moment, breiteten ihre Arme aus und bewegten sich dann, abermals ihre lauten, unheimlichen Rufe ausstoßend, auf das Feuer zu, wobei sie ihre Oberkörper nach links und rechts bogen, als ob sie etwas vertreiben wollten. Danach traten sie in der Reihe wieder ein paar Schritte zurück, breiteten ihre Arme abermals aus und gingen auf das Feuer zu. Nach einem dritten und vierten Mal umkreisten sie das Feuer erneut ganz, blieben diesmal südlich des Feuers stehen und wiederholten ihre Bewegung viermal dort. Nach einer weiteren Runde um das Feuer blieben sie im Westen und schließlich im Norden stehen.

Meine Aufregung hatte sich mittlerweile gelegt. Auch *Keh* hatte sich entspannt und verfolgte die Maskierten mit großen Augen. Ich war von deren Anblick so gefesselt gewesen, dass ich nicht gesehen hatte, dass sich vor dem Eingang des großen Zeltes mehrere Männer niedergelassen hatten. In den Händen hielten sie relativ kleine runde Trommeln, die mit Leder bespannt waren, und schmale, am Ende zu einem Kreis gebogene Holzschläger. Einige kleine Jungen kauerten am Rand der Reihe und beobachteten die Trommler gespannt. Nun, da die fünf Männer sich dem Feuer ein letztes Mal zugewandt hatten, setzten die Trommler ein und begannen, zu einem monotonen Rhythmus zu singen.

„*Ga'ahe.*", sagte *Nábi'dilziih* leise zu mir und nickte zu den fünf Männern hinüber, die nun begonnen hatten, sich zum Klang der Trommeln und des Gesangs zu bewegen. Sie tanzten auf das Feuer zu und von diesem weg, drehten sich, schwangen ihre Holzstäbe, als ob sie unsichtbare Feinde abwehren müssten, kreisten um das Feuer, beugten die Köpfe mit den schwankenden Kronen, und die Metallanhänger an ihrer Kleidung klirrten im Rhythmus ihrer Bewegungen. Die weiße Gestalt schien den Tanz der vier schwarzen Tänzer nachzuahmen und wirkte wie ein Clown inmitten des Festes.

Nach und nach erhoben sich einige Frauen unter den Zuschauern und begannen, die Decken um die Schultern, sich mit langsamen, wippenden Schritten am Rand des Tanzkreises zu bewegen. Sie tanzten hintereinander und umkreisten den Platz allmählich mit wiegenden Bewegungen, bei denen die Enden ihrer Decken rhythmisch schwankten. *Nábi'dilziih* stand ebenfalls auf, um sich der Gruppe anzuschließen, doch als sie mich auffordernd ansah, schüttelte ich leise den Kopf. Ich fühlte mich noch zu unsicher, um bei einem solchen Fest aufzufallen, und *Keh* schmiegte sich immer noch schutzsuchend an mich.

Ich blieb mit dem Mädchen auf dem Schoß auf der Erde sitzen, die Decke um mich gelegt wie in dem Winterlager vor langer Zeit. Zwei Männer brachten neues Holz für das mittlerweile mannshoch lodernde Feuer, dessen Wärme in der abendlichen Kühle guttat. Mehr und mehr Frauen und Mädchen schlossen sich den Tanzenden an, und schließlich sah ich auch *Hasdádogaał* unter ihnen. Die langen Fransen an ihrem Kleid schwangen im Rhythmus, ihr langes Haar floss ihr über den Rücken, und noch immer wirkte sie ernst und verschlossen. *De'k'ùzhe*, die sie durch ihre Zeremonie begleitete, tanzte hinter ihr und hielt einige lange Fransen des Wildlederkleides gefasst.

Die Maskierten schienen nicht müde zu werden, während die Berge um uns herum immer dunkler wurden. Immer wieder stießen sie helle Schreie aus. Einer von ihnen fiel mir irgendwann besonders auf, doch ich konnte zunächst nicht sagen, weshalb. Seine schlanke Gestalt bewegte sich mit einer raubtierhaften Leichtigkeit, der Staub wirbelte unter seinen Füßen. Aufmerksam folgte ich dem Tänzer mit den Augen. Eben breitete er beide Arme mit den Holzstäben aus, als ob er wie ein Raubvogel losstürzen wollte, und dabei stand er mir genau gegenüber, sodass wir uns direkt in die Augen sahen. In diesem Augenblick schien der Rhythmus der Musik in mich hineinzusickern, ebenso wie die Erkenntnis.

Der Tänzer war *Ko ʔigą̀*. Es konnte keinen Zweifel geben. Je länger ich ihn beobachtete, desto sicherer war ich mir. Plötzlich wurde mir bewusst, wie vertraut mir seine Gestalt war, seine Bewegungen, die Art, die Füße zu setzen, den Kopf zu drehen. Und als ob er im gleichen Moment, da ich ihn erkannt hatte, bemerkt hätte, dass ich ihn erkannt hatte, tanzte er langsam, in Schlingen und Schleifen auf mich zu. Seine Arme wirbelten, der helle Kopfputz blitzte immer wieder im Licht des Feuers auf, und jeder Tritt seiner Lederschuhe schien den Boden zu erschüttern, auf dem ich saß.

Ich hatte nicht gewusst, dass die Männer von der Familie des Mädchens gefragt wurden, ob sie für sie tanzen würden, dass die Frage eine Ehre war, und dass manche Männer dennoch ablehnten, weil die Tänze anstrengend waren und sich nicht jeder der Macht der *Ga'ahe* gewachsen fühlte. Ich hatte nicht gewusst, dass die *Ga'ahe* das

Volk vor Krankheit und Unheil beschützen sollten, dass sie der Legende nach zum ersten Mal einem Blinden und einem Verkrüppelten, die von ihrer Gruppe zurückgelassen worden waren, in einer Berghöhle erschienen waren und die beiden Männer geheilt hatten. Ich hatte nicht gewusst, dass die Tänzer sie verkörperten, dass sie am Anfang alles Böse dem Feuer übergaben und danach tanzten, um alles Schlechte vom Volk abzuwehren. Ich hatte nicht gewusst, dass die Männer sich auf diese Abende vorbereiten mussten, in Abgeschiedenheit, und dass sie sich vor allem von Frauen fernhalten sollten. Auch hatte ich nicht gewusst, dass die Männer unter Anleitung des Medizinmannes die Masken und Holzaufsätze für jedes Fest neu anfertigten und die alten nach dem Gebrauch in Höhlen in den Bergen deponierten – waren doch von dort die *Ga'ahe* gekommen, die Berggeister. Ich hatte nicht gewusst, dass die Identität der Tänzer vor allem den Frauen und Kindern verborgen bleiben sollte, dass man den Blick senken, nicht in die Augenhöhlen der Maske blicken sollte, um den Maskierten nicht zu erkennen. Aber nun war es zu spät.

Er tanzte vor mir, von mir weg, drehte den Kopf, den Körper, als wollte er mich herausfordern. Er umkreiste das Feuer, tanzte auf der gegenüberliegenden Seite und schien durch die Flammen hindurch auf mich zu blicken. Tötendes Feuer. Die Trommelschläge der Sänger verschmolzen mit meinen Herzschlägen, und wenn ich den Blick nicht abwandte, hatte ich das Gefühl, dass nur ich und der eine schwarz maskierte Tänzer am Feuer waren, inmitten der Berge, inmitten der Nacht. Weiße Blitze in der Dunkelheit, wirbelnde Fransen, aufblitzende Lichtreflexe der Metallanhänger. Er schien nur für mich zu tanzen. Die Gesänge wurden allmählich lauter, und ich hatte plötzlich das Bedürfnis, mitzusingen, lautlos, lauthals.

Keh war längst wieder gegen mich gesunken, schlafend. Die meisten anderen Frauen tanzten am Rand um die *Ga'ahe*, und so saß ich wirklich nahezu allein. War ich allein, allein mit diesem einen Tänzer, mit dieser einen Nacht? Immer, wenn *Ko ʔìgą`* auf mich zu tanzte, sich so nah vor mir drehte, dass seine Lederkleidung mich fast streifte, beschleunigte sich mein Herzschlag. Wie lange tanzte er schon? Wie lange beobachtete ich ihn? Wie lange, bevor andere es sahen? Wie lange dauerte diese Nacht?

Schließlich erreichte *Nábi'dilziih* mit ihren wiegenden, wippenden Tanzschritten die Stelle, an der ich saß, und der Blick, den sie mir zuwarf, ließ keinen Widerspruch zu. Sanft schob ich das kleine Mädchen von meinem Schoß, deckte es mit seiner Decke zu und erhob mich. Die Frauen öffneten kaum merklich hinter *Nábi'dilziih* eine Lücke für mich, und vorsichtig reihte ich mich ein, meine Decke mit beiden Händen vor der Brust geschlossen haltend. Rasch fand ich mich in dem langsamen, aber stetigen Rhythmus wieder, als ob mein Körper nur den Trommeln zu folgen hätte, und als ich Sicherheit in der Bewegung verspürte, wandte ich mein Gesicht wieder dem Feuer zu.

Ich schien den Tänzern nun viel näher zu sein, obwohl ich eigentlich nur wenig aufgerückt war. Auch das Feuer wärmte scheinbar stärker, der Gesang der Trommler verstärkte sich mit jedem Schritt, den wir uns ihnen näherten. Es dauerte einen Moment, bis ich unter den wirbelnden vier schwarzen Tänzern *Ko ʔigą`* wieder gefunden hatte, dann aber fühlte ich seine Anwesenheit noch deutlicher. Nun schien es für mich völlig selbstverständlich, dass auch wir Frauen tanzten, wenn doch die Männer sich schon seit Sonnenuntergang verausgabten. Auch wenn unsere Bewegungen nicht so anstrengend waren wie ihr Scheinkampf, so spürte ich bereits nach der ersten Runde, die ich um den Feuerkreis getanzt war, die Muskeln an meinen Beinen.

Doch dann achtete ich nicht mehr darauf. Immer, wenn Ko Ʒigą̀ mir mit seinen wilden, kreisenden Bewegungen näherkam, schlug mir das Herz bis zum Hals. Es war mir völlig bewusst, dass dies ein religiöses Fest war, dass diese Tänze gemeinsam auf einem Platz keine Gesellschaftstänze waren, und dass Männer und Frauen jeweils beide, aber getrennt, zum Gelingen dieses Festes beitrugen. Aber gerade diese erzwungene Distanz war es, die die Stimmung an diesem Abend, in dieser Nacht so ungewöhnlich für mich machten. Ich kann nicht sagen, ob irgendjemand bemerkte, was in mir vorging. Es sprach mich später nie jemand darauf an, und auch Ko Ʒigą̀ und ich sprachen nie darüber.

Am Stand der Sterne merkte ich, dass es Mitternacht war, als die Ga'ahe einen letzten, widerhallenden Schrei ausstießen und den Platz verließen. Das Feuer hatte man langsam niederbrennen lassen, die Bewegungen der Frauen wirkten erschöpft. *Hasdádogaał* wurde von ihrer Mutter und *De'k'ùzhe* in ihr Wickiup geführt, und auch die anderen Tänzerinnen und Zuschauer zerstreuten sich langsam. *Keh* war nicht aufgewacht, und so hob ich das schlafende Mädchen in meine Arme und trug sie zu unserer Hütte. Jetzt erst fühlte ich, wie sehr ich mich verkrampft hatte, und wie sehr meine Beine schmerzten. Ich ahnte, dass ich sie am nächsten Morgen noch mehr spüren würde, und dass der Morgen zu früh kommen würde.

****

Das Fest dauerte insgesamt vier Tage und endete mit dem Sonnenaufgang des fünften Tages. Am zweiten, dritten und vierten Tag führte *Hasdádogaał* am Morgen die rituellen Läufe nicht durch. Aus ihrem *kųųghà* drangen aber weiterhin Gesänge, Gebete, und es hörte sich nicht danach an, als ob sie untätig wäre. Es gab tagsüber viel zu essen, es wurde generell mehr geplaudert und gespielt und weniger gearbeitet. Nur die Männer brachen jeden Tag auf und holten Holz für das abendliche Feuer, zu dem sich alle auf dem heiligen Platz versammelten. Jeden Abend erschienen die *Ga'ahe* aus der Dunkelheit, und die Frauen tanzten um das Feuer und die Berggeister.

Ich tanzte nun jeden Abend von Anfang an mit, und keiner schien sich daran zu stören. Ich trug mein Haar offen wie die anderen Frauen, die Decke um die Schultern gelegt, und ich begann mich immer sicherer in den Klängen der Musik zu bewegen. Man hatte mir gesagt, dass die Frauen während des Tanzes beteten, für ihre Familie, für alle in der Gruppe. Ich wusste nicht, zu wem und für wen ich hier an diesem gewaltigen Feuer beten sollte, aber ich hatte das Gefühl, dass allein meine Bewegungen als Gebet zählten. Obwohl ich ahnte, dass es nicht Sinn des gemeinsamen Tanzes war, suchte ich *Ko ʔígą`* mit den Augen, sobald die Maskierten auf den Platz gelaufen waren. Und wenn ich ihn gefunden hatte, dann hatte ich das Gefühl, als wollte ich ihm mit meiner Anwesenheit nur genau das sagen: *Ich bin hier. Ich bin jetzt. Genau an diesem Ort und zu dieser Zeit. Und du bist die Antwort.*

Am letzten Abend geschah zudem etwas Außergewöhnliches: *Keh* tanzte ebenfalls mit. Den zweiten und dritten Abend hatte sie allein in ihre Decke gehüllt auf der Erde sitzend zugebracht, am Rand des Tanzkreises, dort, wo wir uns alle drei zu Beginn des Festes niedergesetzt hatten. Doch am vierten Abend stand sie auf, als ich mich mit *Nábi'dilziih* den Tanzenden anschloss, und stellte sich zwischen die Frau und mich. Wie sie da vor mir stand, das halblange Haar offen, die kleine Decke um die Schultern gelegt und die großen Augen auf das Feuer und die Tänzer gerichtet, durchströmte mich ein derartiges Glücksgefühl, dass ich einige Augenblicke zu keiner Bewegung fähig war. Ich war so stolz auf dieses kleine, stille, in sich gekehrte Mädchen, dass mir die Tränen in die Augen traten.

Viele Frauen und Zuschauer hatten beobachtet, wie die stumme *Keh* an diesem Abend ihre Zurückhaltung durchbrach, und obwohl viele es als merkwürdig empfanden, dass das Mädchen so an mir hing, konnten sie nicht leugnen, dass meine Anwesenheit ihm Stärke vermittelte. Für die Anwesenden war es wiederrum nicht verwunderlich, dass der Tanz der *Ga'ahe* dies bewirkt hatte, am vierten Abend. Als mir später allmählich die Bedeutung der Tänze bewusst wurde, konnte auch ich nicht umhin, an die Heilkräfte der Berggeister zu glauben, wenn ich an *Keh* dachte.

Am letzten Morgen standen wir wieder vor Sonnenaufgang auf und waren Zeugen, als *Hasdádogaał* viermal auf dem Festplatz rannte. Zuvor wurden die Stoffplane von der Spitze des großen Tipis und das Buschwerk um die Basis und vor dem Eingang des Zeltes niedergerissen. Dieses Mal wurde der gefüllte Korb, um den das Mädchen rannte, mit jeder Runde ein Stück weiter vom Tipi entfernt. Als sie zu ihrem letzten Lauf ansetzte, legten die Männer wie auf ein Zeichen die Stangen des großen Tipis sternförmig nieder. Dies, so wurde mir erklärt, sollte verhindern, daß *Hasdádogaał* wieder in ihr altes Leben zurückkehren konnte, da sie nun eine Frau war. *Biyo'* stand inmitten des Grüns, das den Boden des großen Tipis gebildet hatte, und segnete alle Menschen, die zu ihm traten, mit roter und weißer Farbe. Überwältigt von dem gesamten Fest hatte ich mich diesmal der Menge angeschlossen. Als der Mann mir mit der körnigen roten Farbe einen Kreis auf jede Wange malte und einen weißen Mittelpunkt setzte, musste ich für einen Augenblick die Augen schließen. Er berührte mich mit seinen Händen zuerst an der linken Schulter, am linken Knie, auf den linken Fußrücken, dann auf dem rechten Fußrücken, aufsteigend am rechten Knie und auf der rechten Schulter, bemalte meine rechte Handfläche rot und meine linke weiß und legte kurz eine Hand auf den Kopf. Dann trat ich zur Seite und sah stumm und ergriffen zu, wie *Keh* und dann auch *Nábi'dilziih* gesegnet wurden. Als die Menschen zurückgetreten waren, begann die Familie des Mädchens, an alle Anwesenden Geschenke zu verteilen.

Ich erhielt einen einfach verzierten Lederbeutel, den ich mir an den Gürtel hängen konnte, und der ganz offensichtlich zum Sammeln und Aufbewahren gedacht war. *Keh* bekam eine kleine, aber hübsch gearbeitete Puppe aus Leder mit Pferdehaaren und drei aufgestickten Perlen als Gesicht. *Nábi'dilziih* kehrte mit einem Würfelspiel zurück, und ich konnte ein Lächeln nicht unterdrücken, wenn ich mir vorstellte, dass die Geschichte von meinem letzten Wurf der Stäbe bereits die Runde gemacht hatte.

McKittrick Canyon, Guadalupe Mountain National Park, Texas (©VE)

175

9. Kųųshe

Nach dem Fest fanden wir alle rasch in den Alltag zurück. Wir erhoben uns am Morgen, sammelten, arbeiteten, kochten, nähten und saßen mit den anderen Frauen zusammen. Mehrere Dinge jedoch waren ab nun anders. Am Morgen nach dem Fest hörte ich *Keh* zum ersten Mal summen, als sie Holz holte, und mir wurde klar, dass sie möglicherweise bald einen neuen Namen brauchen würde. Die Gleichgültigkeit der anderen Frauen mir gegenüber wandelte sich nach dem Fest mehr und mehr in Akzeptanz. Immer wieder schritten Frauen neben mir, wenn ich sammelte, sie sprachen mich kurz an, erklärten mir etwas, lächelten mir zu. Sie nannten mich bei dem verwandtschaftlichen Namen *nik'is-ō*, was Schwester oder Cousine heißen konnte, und da ich zögerlich ihre Sprache zu sprechen begann, löste ich mich ebenso allmählich aus meiner Stummheit wie das kleine Mädchen an meiner Seite.

Und seit dem Fest galt *Hasdádogaał* als eine vollwertige Frau des Stammes. Es dauerte wiederum nicht lange, bis sie heiratete und ein eigenes *kųųghà* errichtete, noch bevor wir diesen Lagerplatz verlassen mussten. Mich verwunderte damals sehr, dass es zur Hochzeit des jungen Paares nur ein kleines Fest gab. *Nábi'dilziih* erklärte mir, dass das andere Fest gerade erst gewesen sei, weshalb man für die Heirat nur ein gutes Essen für alle bereitstellte. Darüber hinaus schienen lediglich eine Absprache und ein Austausch von Geschenken zwischen *Hasdádogaał*s Familie und der Familie des Ehemannes stattzufinden, und anschließend lebten beide zusammen. Dies machte mir wieder einmal bewusst, dass auch *Nábi'dilziih* oder *Ko ʔìgą`* heiraten konnten, und ich fürchtete das Auseinanderbrechen unseres kleinen, mir so vertrauten Haushaltes. Doch es sollte alles ganz anders kommen.

Ko ʔìgą` kehrte am zweiten Tag nach der Morgenzeremonie in unser *kųųghą łiga'í* zurück, doch sein Verhalten mir gegenüber blieb ebenso unnahbar und fast gleichgültig, wie es seit meiner Ankunft im Dorf gewesen war. Manchmal fragte ich mich, ob es wirklich er gewesen war, der mich damals mit ins Winterlager genommen hatte, mit dem ich zwei Tage an einem einsamen

Bergsee gelagert hatte, und mit dem ich tagelang durch die glühende Landschaft gewandert war. Ich ahnte vage, dass der Alltag hier viel stärker in Männer- und Frauenbereiche getrennt war, als ich es von der Ranch kannte, aber ich hütete mich, zu fragen. Ich ertappte mich nur manches Mal dabei, dass ich während des Tages hochsah und nach ihm Ausschau hielt.

****

In diesem Sommer geschah auch etwas, was mir viel stärker als bisher vor Augen führte, weshalb ich den Namen *Hàcké'isdząą*, Wütende Frau, von den Menschen erhalten hatte. Und obwohl es schon Jahre her ist, beschleunigt sich mein Herzschlag immer noch, wenn ich daran denke – mehr, als wenn meine Erinnerungen zu dem einen bestimmten Tag im Winterlager zurückkehren.

In den frühen Morgenstunden eines Tages wenige Wochen nach dem Fest erwachten wir mit jähem Schrecken von lautem Gebrüll und Schüssen im Lager. Die Dämmerung hatte erst gerade eingesetzt, und als ich völlig verwirrt und schlaftrunken in die Höhe fuhr, konnte ich in dem noch halbdunklen Tipi kaum etwas erkennen. *Keh* war mit mir hochgeschreckt, und im gleichen Augenblick krachte ein Schuss so laut neben mir, dass ich heftig zusammenzuckte. Die Ladung – vielleicht war es Schrot gewesen – riss ein kopfgroßes Loch in die Wand des Zeltes schräg über mir, und Holzsplitter einer Zeltstange prasselten nieder.

„'Indaa' - Weiße!", schrie *Nábi'dilziih*, die bereits die Decke zum Eingang fortgerissen hatte. Der Schuss hatte jegliche Schläfrigkeit aus mir vertrieben. Mit fliegenden Händen zog ich meine Schuhe an und strich mein Haar zurück. Ohne nachzudenken, packte ich *Keh* am Arm und stürmte hinter *Nábi'dilziih* aus dem Zelt.

Auf dem freien Platz vor den Hütten herrschte unbeschreibliche Verwirrung. Von allen Seiten fielen Schüsse, laut, ziellos und tödlich. Menschen flohen in wilder Angst, stolperten in der Dunkelheit über am Boden Liegende, stießen mich an, fielen. Einige der Zelte fingen prasselnd Feuer. Von irgendwoher drangen Schatten auf uns ein, ich hörte das Keuchen Kämpfender, das Schreien Verwundeter, das Röcheln Sterbender, Pferdehufe, gebrüllte Kommandos, spanische Flüche. Die ersten Augenblicke durchflutete mich die Panik wie ein heißer Lavastrom und lähmte mich. Ich war völlig kopflos, rechnete jeden Augenblick, von einer Kugel oder einem rasenden Pferd getroffen zu werden.

Nur Herzschläge später schöpfte ich kurz Atem, sammelte mich und rannte, *Keh* immer noch fest im Griff, auf das nahe dunkle Gebüsch in der Nähe der Quelle zu. Kein Gewehrschuss riss mich nieder, keiner stellte sich mir in den Weg, und nach kurzer Zeit warf ich mich mit dem Mädchen hinter einem umgestürzten Baum zu Boden. Hier drang der Lärm des Überfalls etwas gedämpfter zu uns, und mit aller Macht kämpfte ich meinen Atem nieder, um zu lauschen. Ein Mensch taumelte von irgendwoher seitlich auf uns zu, ich sah seinen Umriss gegen den langsam heller werdenden Himmel. Heftig atmend und sich mühsam aufrecht haltend verschwand er tiefer in das Wäldchen hinein, ohne uns bemerkt zu haben. Ein weiterer Schuss zerfetzte Äste und Blätter der Bäume über uns, und *Keh* zitterte so heftig bei mir, dass ich meine Arme fest um sie schloss.

Der Kampf ebbte langsam ab, stattdessen hörte ich nun nur noch kurze Schläge oder reißende Geräusche, dazu englische und spanische Worte, die

Anweisungen brüllten oder Beschimpfungen höhnten. Einen Moment drückte ich die Augen fest zu und versuchte gleichzeitig nicht zu hören, was dort vor sich ging, denn die Wortfetzen ließen schreckliche Bilder in mir aufsteigen. Dann hörte ich, wie sich jemand mit langen, schleifenden Bewegungen näherte, offenbar mit einem Stock oder Gewehrlauf das Gebüsch durchsuchend. Ich riss die Augen wieder auf, rappelte mich hoch und fasste *Keh* erneut hart am Arm.

Wir hatten in diesem Gebiet lange genug Pflanzen und Holz gesammelt, so dass ich mir zutraute, mich im Halbdunkeln zurechtzufinden. Noch war die Sonne nicht aufgegangen, und wenn die Angreifer keine Hunde dabeihatten, dann konnten wir ihnen entkommen. Wir mussten hinauf, in die Berge, dort gab es Höhlen und Felsspalten genug. Ich dachte dies nicht bewusst, ich lief einfach leise los, wie ein gejagtes Tier, das Mädchen hinter mir herziehend, einfach nur fort von der Gefahr. Der Näherkommende hörte unser Aufspringen und folgte uns, doch er kannte sich in der Dunkelheit nicht aus. Ich hörte ihn straucheln, in eine Gruppe Agaven stürzen, fluchen. Dann entfernte er sich wieder.

Ich lief, bis ich meinte, meine Lunge würde reißen. Ich spürte nicht die Dornen der Pflanzen, nicht die scharfen Steinkanten. *Keh* halb tragend halb schiebend kämpfte ich mich bergan, keuchend, hustend, immer noch angefüllt von Todesangst, mit rasendem Herzen. Jeden Augenblick fürchtete ich, auf einen Angreifer zu stoßen, aufgehalten, getötet zu werden. *Weg, einfach nur weg. Nicht hinuntersehen, nicht denken, nicht überlegen, wer dort unten nicht mehr laufen konnte, was mit diesen geschah. Weiter, immer nur weiter. Jede Pause kann unser Tod sein. Weiter.*

Schließlich ging die Sonne auf, golden und unschuldig. Wir waren gerade auf einem von wenigen niedrigen Bäumen und Büschen bewachsenen Geröllfeld angekommen, und als es hell wurde, zog ich das Mädchen in den Schutz zweier halb niedergebrochener Bäume, sodass wir von unten nicht gesehen werden konnten. Immer noch nach Luft ringend spähte ich vorsichtig aus unserem Versteck nach unten, nach allen Seiten, hielt mühsam den Atem an und lauschte. Doch ich sah keinen Verfolger, hörte keine Schritte, keinen Schuss. Am ganzen Leib haltlos zitternd ließ ich mich hinter unserer

Deckung zu Boden sinken, nahm *Keh* in die Arme und drückte sie fest an mich, um mein unkontrolliertes Erbeben zu unterdrücken, versuchte zur Ruhe zu kommen, strich mir die wirren Haare aus der Stirn.

Wie lange wir dort gesessen hatten, kann ich nicht mehr sagen. Unablässig strich ich *Keh* über das Haar und das Gesicht, flüsterte ihr irgendetwas zu, um sie zu beruhigen und fühlte mich gleichzeitig durch meine eigene Stimme beruhigt. Schließlich, als mein Zittern nachgelassen hatte, lockerte ich den Griff um das Kind und schob mich wieder halb aus unserem Versteck hervor. Immer noch war die Bergflanke menschenleer in der steigenden Hitze des Tages, und steif und völlig zerschlagen erhob ich mich. *Kehs* Gesicht war schockstarr, Tränenspuren liefen über ihre Wangen, und wie bei mir waren ihre Wangen, Arme und Beine von der wilden Flucht zerkratzt.

Während ich dort auf dem Geröllfeld stand und über das Land blickte, begann mein Verstand langsam wieder zu arbeiten. Weit dort unten im Tal kräuselten sich noch schwache Rauchwolken, dort unten lag das zerstörte Dorf. Dort hinunter konnten wir nicht, dort gab es nur Tod und Verwüstung. Aber ich musste mit *Keh* die anderen finden, die überlebt hatten. Die Anderen? Im Winterlager hatten nach dem Überfall durch die Soldaten auch Menschen überlebt, wieso nicht auch hier? Aber wo waren sie? Gab es einen Ort, an dem sie sich wieder trafen? Wusste das Mädchen von diesem Ort?

Ich nahm *Keh* bei der Hand und schritt mit ihr langsam auf dem Geröllfeld weiter. Nun erst spürte ich jede Faser in meinem Körper, jeden Schnitt, jeden falschen Fußtritt, den ich auf der Flucht getan hatte. Langsam wurde mir auch bewusst, dass ich keinerlei Waffen oder Werkzeug hatte. Ich hatte keine Ahnung, wo man Wasser finden konnte oder wo ich mich befand. Dazu kam die Hitze des Tages und die Ungewissheit, ob die Angreifer noch in der Nähe waren. Die Angreifer – es mussten Mexikaner und Amerikaner gewesen sein. Soldaten? Major Rolfe? Ich hatte während der Flucht keinen Gedanken daran verschwendet, wer sie waren. Ich war zum zweiten Mal vor ihnen fortgelaufen, hatte dieses Kind vor ihnen gerettet, hatte gesehen und gehört, wozu sie fähig waren. Und keinen Augenblick an diesem grauenhaften Morgen hatte ich daran gedacht, dass sie nicht nur meinesgleichen, sondern möglicherweise meinetwegen hier waren.

Während wir so dahingingen, langsam und doch stetig, schwoll die Furcht wie eine heiße Blase in mir. Es war keine panische Angst, wie ich sie in der Dämmerung verspürt hatte, es war eine schleichende, giftige Flut, die behutsam und unaufhaltsam in jede winzige Verästelung meines Körpers vordrang. Wer hatte überlebt, diesen Morgen überstanden? Wer war verwundet worden und hatte entkommen können? Wer war verwundet und getötet worden? Wer war tot dort unten in dem Dorf? Wer? Ich versuchte, nicht an all die Namen und Gesichter zu denken, nicht an die schrecklichen Schreie und Übelkeit erregenden Geräusche, die diesen Kampf begleitet hatten.

Als wir am späten Vormittag gerade eine Hügelkuppe überqueren wollten, hörte ich plötzlich auf der anderen Seite laute Stimmen. *Keh* zuckte so heftig zusammen, dass ihre Hand meinem Griff entglitt, und sie klammerte sich an mich. Mit einer Berührung beruhigte ich sie, bückte mich nieder und näherte mich geduckt und langsam der Spitze der Erhebung, um vorsichtig hinüberzusehen. Und was ich dort sah, ließ die Panik in mir wieder aufsteigen.

Auf der anderen Hangseite standen zwei Mexikaner, nur wenig entfernt davon ihre Pferde. Einer der Männer hielt ein Seil in der Hand, dessen anderes Ende er gerade einem Jungen – und voller Schrecken erkannte ich *Tł'ooł* – um den Hals gelegt hatte. Der andere schwang seine kurze, geflochtene Reitpeitsche und trat mit wiegenden Schritten auf einen zweiten Jungen zu. Dieser war *Kųųshe*, Blauspecht, der einzige überlebende Sohn von *Bil gozhǫǫ* und *Yáłti*. Er war schon etwa 13 Jahre alt und würde wahrscheinlich bald zu den Kriegern zählen.

Kųųshe war offensichtlich bei dem Kampf im Dorf verwundet worden, ich erkannte Blut an seiner Schulter und an beiden Beinen, doch er hielt sich mühsam aufrecht. Ich konnte nicht verstehen, was die Männer sagten, doch sie lachten höhnisch auf, als die Peitsche den Jungen traf. *Kųųshe* schwankte kurz und versuchte, seinen Angreifer zu packen, doch dieser schleuderte ihn mühelos zu Boden. Wieder und wieder schlug der Mexikaner zu, bis der Junge sich nicht mehr regte. Schließlich zog der Mexikaner sein Messer, und voller Entsetzen erkannte ich, dass er *Kuushe* skalpieren wollte, um die Prämie zu erhalten.

Ich handelte, ohne nachzudenken. Sofort war ich auf den Beinen und schrie auf Spanisch und mit aller Kraft, zu der ich fähig war, über die Hangkante hinunter:

„Nein! Nehmt eure Hände weg von dem Jungen!"

Gleichzeitig schritt ich auf die beiden Männer zu, die mich mit offenem Mund anstarrten, *Keh* immer noch an mich gedrückt. Im ersten Moment hatte der Mexikaner, der *Tł'ooł* am Seil festhielt, dieses fallen gelassen und sein Gewehr gehoben, doch als er erkannte, dass ich eine unbewaffnete Frau war, ließ er es wieder sinken.

Als ich vor den Männern stand, geschah einige Herzschläge lang überhaupt nichts, dann brach der Mann, der das Messer in der Hand hielt, in nervöses Lachen aus.

„Wer seid ihr, Señorita, und was wollt ihr?"

„Ihr sollt die Kinder in Frieden lassen", erwiderte ich, und an dem Grinsen, das sich daraufhin auf beiden Gesichtern ausbreitete, konnte ich erkennen, dass meine Worte auf sie keinerlei

Eindruck machten. Das Messer immer noch in der Hand trat der Mann auf mich zu, musterte mich aufdringlich von oben bis unten und leckte sich gierig über die Lippen.

„José, heute ist unser Glückstag. Ein Skalp eines Apachen, zwei Apachenkinder als Sklaven und eine weiße Frau. Die letzte ist sehr lange her…"

Er vollendete den Satz nicht, aber das war auch nicht nötig. Ich konnte mir denken, was er mit mir vorhatte, und auch mit den Kindern. Mit einem raschen Schritt trat er näher, griff in *Kehs* Haar, riss das Kind von mir fort und schleuderte es in Richtung seines Gefährten. Mit einer raschen Bewegung wollte ich dies verhindern, doch sofort legte er mir das Messer an die Wange. Das kühle Metall ritzte meine Haut, und ich fühlte einen feinen Blutfaden meinen Hals hinunterlaufen.

„Nur ruhig, Señorita, tut nichts Unüberlegtes. Wenn ihr euch wehrt, muss ich euer hübsches Gesicht zerschneiden. Stellt euch nicht so an, scheinbar seid ihr doch schon eine Weile bei den Apachen, ihr werdet es gewöhnt sein."

Er kam breitbeinig und schmutzig grinsend noch einen Schritt näher und wollte mit der freien Hand meine Bluse herunterziehen, da riss ich ohne Zögern ein Knie in die Höhe und traf ihn mit so viel Kraft, dass er mit einem heiseren Aufschrei zu Boden brach. Während er sich erstickt stöhnend auf der Erde wälzte, griff ich gerade rechtzeitig zum Messer, als der zweite Mann auf mich losging.

Ich hatte wenig Ahnung, wie man mit einem Messer kämpfte, aber es war meine Wut, die alle Angst und Vorsicht überdeckte. Völlig unüberlegt hieb ich mit der Waffe auf den Angreifer ein, der meine Hand abfing und so verdrehte, dass die Klinge mir in die Hüfte fuhr. Ich keuchte auf vor Schmerz, ließ jedoch das Messer nicht los, sondern zog es wieder in die Höhe, waagrecht über die Kehle des Mannes, wo sofort Blut hervorschoss. Er griff sich gurgelnd an den Hals und stürzte rücklings zu Boden. Einen Augenblick lang war ich starr vor Schreck, dann wurde mir mit aller Macht meine Verletzung an der Hüfte bewusst. Wir mussten hier weg, sofort.

Tł'ool hatte sogleich verstanden. Er streifte sich die Schlinge vom Kopf und warf sie zu Boden, packte *Keh* an der Hand und zog sie mit sich fort. Ich presste erst eine Hand auf meine stark blutende Wunde und taumelte dann auf *Kұұshe* zu, der wie ohnmächtig am Boden lag. Mühevoll beugte ich mich nieder und schob beide Arme unter den Jungen, der mir zerbrechlich leicht erschien. Stöhnend richtete ich mich mit ihm wieder auf und folgte den beiden Kindern.

Mit jedem Schritt fürchtete ich, dies würde mein letzter sein. Ich stolperte und strauchelte, das Blut hämmerte in meinen Ohren, die Hitze flirrte vor meinen Augen und ließ die Landschaft verschwimmen. Die Schmerzen überfluteten mich mit jeder Bewegung, und ich fühlte, wie mein Rock nass um meine Beine schwang. Schritt um Schritt ging ich, immer hinter dem Jungen und dem Mädchen her, und wohin wir gingen, wusste ich nicht. Nach und nach konnte ich die Augen kaum mehr offenhalten, es schwindelte mir, mein Mund war trocken und ausgedörrt. Ich spürte, dass die Kinder mich links und rechts am Rock gefasst hatten und mich so lenkten. Und immer noch trug ich den Jungen auf den Armen, der nicht allein laufen konnte, und den auch die Kinder nicht hätten tragen können. Augenblick um Augenblick hoffte ich, dass wir irgendwo ankommen würden, irgendwo, wo ich die Last ablegen, niederfallen, mich ausruhen konnte.

Es dunkelte bereits, als die Kinder mich auf den Schein eines kleinen Lagerfeuers zu lenkten. Ich nahm nur noch mit halben Sinnen wahr, dass sich dort Menschen befanden, dass sie uns kommen hörten, dass einige aufsprangen und uns entgegenliefen. Ich hörte eine Frauenstimme den Namen des Jungen auf meinem Arm rufen, so laut, so kummervoll, dass der Schrei sogar durch meine Benommenheit drang. Dann aber war alles zu Ende, schwarze Schatten drängten sich vom Rande meines Gesichtsfeldes vor meine Augen, ich fühlte meinen ganzen Körper leicht werden, und dass ich zu Boden brach, spürte ich schon nicht mehr.

****

Sie erzählten mir später, dass ich mich noch im Niederfallen so gedreht hatte, dass ich unter dem Jungen auf der Erde aufschlug, dass ich ihn mit meinem Körper geschützt hatte. Davon wusste ich nichts mehr. Mein Denken setzte später wieder ein, als ich in völliger Dunkelheit erwachte, steif, schwach und voller Schmerzen.

Es dauerte einige Zeit, bis ich feststellte, dass ich in Decken gewickelt auf dem Rücken in einem Wickiup lag. An meiner Hüfte spürte ich einen merkwürdig festen Verband, und zwischen meine Beine hatte jemand große Mengen weiches Moos gestopft. Ich war so kraftlos, dass ich keinen Finger rühren konnte. Mein Mund war ausgedörrt, und in meinem Schädel hämmerte ein dumpfer Schmerz, aber alles wurde überdeckt von den Feuerstößen, die die Messerwunde durch meinen Körper schickte. Ich wollte tief Atem schöpfen, doch ein Hustenkrampf schüttelte mich, und ich hätte vor jähem Schmerz fast wieder das Bewusstsein verloren.

Da schlug jemand die Decke zum Eingang zurück, und ich sah eine Gestalt auf mich zukommen und bei mir niederkauern.

„'Iyiłdaa – trink", sagte eine leise Stimme zu mir, und eine Hand fasste unter meinen Kopf, um mich zu stützen. Mühsam nahm ich ein paar Schlucke von einer lauwarmen, schwach gewürzten Brühe, dann fiel ich zurück.

„'Iiłxash – schlafe", hörte ich, dann entfernte sich die Person wieder. Ich schloss die Augen und versank fast sofort wieder in tiefen Schlaf.

Als ich das nächste Mal erwachte, schien der Morgen zu dämmern, die Umgebung war heller. Die Schmerzen waren ebenso intensiv wie vorher, und ich fühlte mich völlig ausgehöhlt und zermürbt. Um mich herum hörte ich leise Atemzüge, doch ich konnte den Kopf nur wenig drehen. Schon diese Bewegung und das damit verbundene Geräusch hatten genügt, dass einer der Schläfer erwachte. Ich hörte, wie jemand sich aufrichtete und zu mir herüberkam.

„Nábi'dilziih", flüsterte ich heiser, als ich die Frau erkannte, und ich konnte nicht verhindern, dass mir Tränen der Erleichterung über das Gesicht liefen. Über ihre Wange zog sich eine klaffende Wunde, und ich sah, dass sie einen Unterarm verbunden trug, aber sie lebte.

„Shhh – nicht sprechen", sagte sie leise und lächelte. Wieder holte sie die Schale mit Flüssigkeit und gab mir zu trinken. Dann schlug sie vorsichtig meine Decken zurück. Ich war zu schwach und zu benommen, um Scham zu empfinden, als sie das Moos zwischen meinen Beinen erneuerte, doch als sie den Verband von meiner Verletzung abnahm, stöhnte ich unwillkürlich auf. Sie schien mit dem Verlauf der Heilung jedoch zufrieden, erneuerte den Verband und deckte mich sorgfältig zu.

Nábi'dilziih erhob sich und öffnete den Eingang des *kuughà*. Goldenes Sonnenlicht flutete herein, und einen verwirrten Moment lang fragte ich mich, ob ich den Überfall möglicherweise geträumt hatte. Vielleicht waren wir immer noch in dem Dorf, und nichts war geschehen. Da legte sich eine kleine Hand auf meine Stirn, und über mir tauchte das angstvolle Gesicht von *Keh* auf. Ich versuchte, ihr zuzulächeln, doch ich war nicht sicher, ob meine derzeitige Verfassung ihr Mut einflößen konnte. Sie strich mir über mein Haar, wieder und wieder, als wollte sie sich vergewissern, dass ich noch da war. Als *Nábi'dilziih* sie schließlich rief, stand sie rasch auf und lief hinaus.

Ich war nur wenige Atemzüge lang ruhig gelegen, als ich hörte, wie sich hinter mir noch jemand regte. Mein Herzschlag begann unerklärlicherweise zu rasen, als zwei Personen sich im Hintergrund erhoben und an mir vorbei zum Eingang der Hütte gingen. Der Junge schlüpfte sofort ins Freie, doch der Mann blieb mit dem Rücken zu mir stehen, und als hätte er meinen

Blick gespürt, wandte er sich zu mir um. *Ko ʔigą`* trug einen schmalen Verband um den Hals und einen um den Oberarm, aber hier stand er, aufrecht und am Leben. Ich brachte kein Wort heraus, ich konnte ihn nur ansehen und denken: *er lebt – er wurde nicht getötet – sie alle leben noch. Er lebt.* Ich schluckte mühevoll.

Der Mann blieb einen Moment länger vor dem Eingang stehen, als es vielleicht nötig gewesen wäre, seine dunklen Augen ernst und scheinbar ohne Gefühlsregung auf mich gerichtet. Dann duckte auch er sich aus dem Wickiup, verschwand im hellen Tag und ließ mich in grenzenloser Erleichterung, aber auch halb am Rande des Bewusstseins schwimmend zurück.

Mexikanische Carretas auf der El Rancho de las Golondrinas, New Mexico (©VE)

10. Tiefe Täler

Nach diesem ersten Tag, den ich kaum wirklich wahrnahm, machte meine Genesung rasche Fortschritte. Schon am nächsten Morgen half mir *Ko ʔìgą*`s Schwester, mich aufzusetzen, und ich konnte die wenige Nahrung selbständig zu mir nehmen. Während sie mir den Verband wechselte, gab sie mir ein in Wasser getränktes Stück Stoff, mit dem ich mir erleichtert über Gesicht und Oberkörper fuhr, und ich genoss es, dass sie mir die Haare kämmte. Meine Verletzung hatte längst zu bluten aufgehört, und durch irgendeinen glücklichen Umstand hatte ich auch keine Entzündung bekommen. Die Schmerzen nahmen von Tag zu Tag ab, und ich wartete sehnsüchtig darauf, mich wieder erheben zu können.

Dann, einige Tage später, brachte *Nábi'dilziih* mir einen ganzen Krug Wasser, Tücher und saubere Kleidung. *Keh*, die mir kaum von der Seite wich, half mir scheu, mich anzukleiden, und dann stützten mich beide, als ich langsam aufstand. Im Halbdunkel der Hütte schwankte ich einen kurzen Moment, und ich war nicht sicher, ob mein Bewusstsein mich nicht wieder verlassen würde, dann aber spürte ich, wie meine Sinne sich klärten, und ich setzte behutsam den ersten Fuß in Richtung Türe.

Ich zitterte und schwitzte, als sie mir halfen, mich auf eine Decke vor dem Wickiup zu setzen, und als ich mich dort niedergelassen hatte, konnte ich zum ersten Mal meine Umgebung wahrnehmen. Außer der Behausung, vor der ich saß, standen noch fünf andere Hütten inmitten eines tief eingeschnittenen Tals, teilweise überdeckt von den lichten Kronen hoher Bäume. Rechts vor mir ragte eine steile, graue Felswand empor, links ein mit Felsblocken übersäter und mit niedrigen Sträuchern überwachsener Hügel. Am Fuße des Hügels zog sich ein schmales Bachbett voller weißer Geröllsteine entlang, ein winziges Rinnsal plätscherte darin. Kein Windzug streifte das Tal, die Hitze stand schwer zwischen den Felsen.

Ich blickte mich vorsichtig um und gewahrte einige andere Apachen bei der täglichen Arbeit vor ihren Hütten oder an dem kleinen Bachbett. Gerade stellte *Nábi'dilziih* einen flachen Korb neben mich, in dem sich Zweige voller Algerita-Beeren befanden. Das Mädchen und sie setzten sich zu mir und begannen, die Beeren von den Zweigen zu pflücken und in eine kleinere Korbschale zu werfen. Dankbar, dass ich mich nun während dieser leichten Arbeit unauffällig umsehen konnte, begann ich, nach bekannten Gesichtern zu suchen, während ich ebenfalls in den Korb griff.

Eben hatte ich *Biyo'* gesehen, der eine Schulter mit Tüchern verbunden hatte, sich mit der anderen Hand schwer auf einen Stock stützte und mager und ausgezehrt aussah, als zwei Menschen durch das Dorf auf mich zukamen. Ich ließ die Hände sinken, als ich *Yáłtí'* und seine Frau *Bil gozhǭǭ* erkannte. Unruhig blickte ich umher, wo war ihr Sohn? Die Frau sah abgehärmt aus, und mein Herzschlag beschleunigte sich, als ich an die Möglichkeit dachte, dass der Junge seine Verletzungen vielleicht nicht überlebt hatte. Konnte ich irgendwie daran Schuld haben?

Yáłtí' legte nun ein großes Stück Fleisch in ein Tuch eingewickelt neben mich, ohne Worte, ohne mich anzusehen. Er erhob sich wieder und schritt davon. *Bil gozhǭǭ* aber konnte ihre Beherrschung nicht so lange bewahren, sie legte eine neue Decke zu dem Fleisch, kauerte dann bei mir nieder und ergriff schluchzend meine Hände. Sie brachte kein Wort heraus, und ich fühlte mich völlig verunsichert. Ich wusste, dass man die Namen der Toten nicht mehr aussprechen durfte – wie sollte ich also nachfragen, ob *Kųųshe* noch lebte? Nur Augenblicke später sprang die Frau auf und eilte davon.

Ich blickte *Nábi'dilziih* verwirrt an, doch um ihren Mund kräuselte sich ein Lächeln.

„Du hast ihr einziges Kind gerettet. *Tł'ooł* hat deine Geschichte an fast jedem Abend erzählt."

Es dauerte einen Moment, bis ich meinte, die richtigen Worte gefunden zu haben.

„Erzählt? Meine Geschichte?"

„Vielleicht möchtest du sie heute Abend selbst erzählen?"

Nábi'dilziih schüttelte den flachen Korb auf und griff wieder hinein.

Meine Geschichte? Was sollte ich erzählen? Dass ich mich völlig kopflos, ohne nachzudenken, ohne Waffe auf zwei Mexikaner gestürzt hatte, die mich hatten vergewaltigen, die Kinder in die Sklaverei führen und den Jungen skalpieren wollen? Dass die beiden Kinder mich halbblind den ganzen Tag über Hügel und Bergkämme geführt hatten, und dass ich ohne sie wahrscheinlich jetzt irgendwo aufgrund meiner Verletzung und überwältigt von Hunger und Durst tot herumliegen würde? Dass der verletzte Junge in meinen Armen nie erwacht war und ich auch nie nachgesehen hatte, ob er überhaupt noch lebte. Wie sollte ich das alles mit meinen wenigen Worten wiedergeben?

Den ganzen Tag über blieben entweder *Keh* oder *Nábi'dilziih* bei mir. Hin und wieder brachten sie mir Wasser oder Kleinigkeiten zu essen, einfache Arbeiten oder eine Decke, als die Sonne hinter der Felswand verschwunden war. Dann holten sie auch trockenes Holz und entzündeten die Feuerstelle vor dem *kųųghà* neu. Der helle Rauch wurde, soweit ich sah, durch die Baumkronen verteilt und war aus der Entfernung hoffentlich nicht mehr wahrnehmbar. *Keh* bereitete mit Hilfe von *Nábi'dilziih* ein Essen aus dem Fleisch, dass wir bekommen hatten, und während ich mit den Augen bewundernd ihren geschickten kleinen Händen folgte, bemerkte ich plötzlich, dass *Ko ʔìgą̀* sich neben mir an der

Hüttenwand niedergelassen hatte, ein wenig abgerückt vom Licht des Feuers.

Plötzlich fühlte ich mich unerklärlich unruhig, und ich zog die Enden der Decke um mich, wie frierend. Es dauerte eine ganze Weile, bis er sprach, und auch dann blickte er mich nicht an.

„*Náõdá* - Du bist zurückgekommen."

Ich war nicht sicher, ob er eine Antwort erwartete, aber bis ich mir überlegt hatte, was ich sagen wollte, fuhr er fort:

„Weshalb bist du nicht mit den Soldaten gegangen?"

Nun starrte ich ihn mit offenem Mund an, völlig unfähig, etwas zu sagen. Keinen einzigen Augenblick an diesem schrecklichen Morgen hatte ich daran gedacht, zu jenen Leuten zu gehen, die im Schutz der Dämmerung ein Dorf niedermetzelten. Die Panik hatte mich allen Mescalero gleichgestellt. Und ich war sicher, dass eine Kugel in mir auch keinen Unterschied gesehen hätte.

Nach einigen weiteren Sekunden verblüfften Schweigens stieß ich schließlich abgehackt auf Spanisch hervor:

„Ich wollte es nicht! Ich habe überhaupt nie daran gedacht! Ich hatte Angst! Sie hätten mich genauso getötet wie jeden anderen! Ich bin fortgelaufen! Ich wollte *Keh* retten!"

Nun sah *Ko ʔìgǫ̀* mich ernst an.

„Du hast drei Kinder gerettet und dich dabei selbst in Gefahr gebracht. Du bist sogar zweimal zurückgekommen, denn auch mit den Mexikanern hättest du gehen können."

Ich lachte spöttisch auf.

„Diese Mexikaner hatten nicht im Sinn, mich irgendwohin zu bringen. Sie hätten ihren neu erworbenen Reichtum mit mir gefeiert!"

„*Tłʼooł* hat erzählt, wie du sie angegriffen hast. Wie du *Kųųshe* den ganzen Tag auf deinen Armen getragen hast. Seine Eltern werden dir das nie vergessen."

Ich schöpfte tief Atem. Ich war nicht sicher, was *Yátłíʼ* mir jemals vergessen würde. Schließlich hatte er wahrscheinlich im Sinn gehabt, mich als Sklavin für seine Familie mitzunehmen. Er hatte mich damals vom Wagen gerissen, hatte mich in der ersten Nacht fesseln wollen, und ich war mir sicher, dass er mir noch nicht verziehen hatte, wer ich war. Andererseits hatte ich nie an ihn gedacht, als ich seinen Sohn dort am Boden liegen sah und der Mexikaner auf ihn einschlug.

Ich hatte an *Bil gozhǭǭ* gedacht, an die Trauer in ihrem Blick und daran, wie viele Kinder sie schon hatte sterben sehen müssen. Irgendwie hatte ich mir vorgenommen, dass dieses Kind nicht sterben würde, und doch hatte ich eigentlich überhaupt nicht nachgedacht.

Ko ʔigą̀ schien zu wissen, was mich beschäftigte, denn er sagte:

„Als du mit *Kųųshe* im Dorf angekommen bist, ist *Bil gozhǭǭ* dir entgegengelaufen, und viele andere Menschen auch. Aber *Yáłtí'* blieb am Feuer stehen, er konnte sich nicht bewegen. Er konnte nicht glauben, dass du, die weiße Frau, seinen Sohn gerettet hattest. Er wird nie ein Wort darüber sprechen können."

Ich lächelte.

„Ich hätte es für jedes Kind, für jeden Sohn getan." Und nach einem kurzen Moment fragte ich:

„Wie geht es *Kųųshe*?"

„Er wird leben", antwortete *Ko ʔigą̀* nur, und eigentlich genügte mir das. Der Junge lebte, ich hatte ihn retten können, und auch ich war noch am Leben. Und der Mann, der neben mir saß, die Frau dort am Feuer und das kleine Mädchen. Sie alle lebten.

Obwohl ich noch nicht so viel essen konnte, erhielt ich an diesem Abend sicher die größte Portion. Mir war klar, dass das Fleisch ein Geschenk an mich gewesen war, ebenso wie die Decke. Aber ich wusste auch, dass ich alles teilen würde. Zu vieles war bei diesem Überfall verloren gegangen.

****

Dass in diesem Talgrund jetzt nur noch sechs *kụụghà* und keine Zelte mehr standen, sagte eigentlich alles. Die Soldaten hatten die Pferde zerstreut oder eingefangen und alle Zelte und Hütten mit sämtlichen Habseligkeiten verbrannt. Die fliehenden Menschen hatten kaum mehr mitnehmen können, als sie am Leib trugen. Dadurch, dass die Mescalero in den Höhlen der Berge heimlich Vorräte, aber auch Kleider, Decken, Werkzeuge und Waffen versteckten, um in Notfall darauf zurückgreifen zu können, hatten sie einen Teil des Verlorenen mittlerweile ersetzen können.

Nur durch vorsichtiges Beobachten konnte ich herausfinden, wer von der Gruppe überlebt hatte, und wer nicht. Schon kurz nachdem ich wieder aus der Bewusstlosigkeit erwacht war,

war mir klar geworden, dass *Hidagoo*, der ältere Bruder von *Tł'ooł* tot oder gefangen genommen worden war, denn er war nicht mehr bei uns. Unter den Toten waren auch *Hasdádogaał*s Mutter und Vater sowie *De'k'ùzhe*. Sie alle waren in den brennenden Wickiups umgekommen. Nur weil sie bereits verheiratet war und in ihrem eigenen Wickiup geschlafen hatte, hatten das Mädchen und ihr Ehemann, der *De'k'ùzhe*s Sohn war, überlebt. Die alte Frau *Ch'idii dldidlaago* war zwar mit den anderen entkommen, aber schon am ersten Abend danach ihren Verletzungen erlegen.

Da ich die meisten Menschen zu wenig kannte, fühlte ich mehr Bedauern als Trauer, aber ich fühlte auch Wut. Ich wusste, dass die Spirale der Gewalt sich seit Jahrhunderten drehte, dass die Spanier, Mexikaner und nun auch die Amerikaner immer schon indianische Sklaven gefangen und verkauft hatten, dass die Siedler die Gebiete besetzten, die ihnen nie gehört hatten, und dass man mit Versprechen, Angriffen, Krankheiten und Alkohol immer mehr Stämme betrog, schwächte und vernichtete. Ich wusste auch, dass die Apachen sich mit Überfällen wie auf die Farm der Rolfes oder auf unseren

Wagen rächten, dass sie Hirten angriffen, Herden forttrieben, Siedlertrecks und Frachtwägen attackierten, Soldaten in Hinterhalte lockten und einsame Siedlungen ausraubten.

Es schien keinen Ausweg zu geben. Keiner war bereit, das Land herzugeben, und kein Anführer konnte seine Leute, seien es Indianer oder Weiße, lange genug zurückhalten, bevor der nächste Angriff geschah. Und so sehr ich Überfälle wie den auf Major Rolfes Schwester verurteilte, der Angriff auf das kleine Dorf, in dem ich nun lebte, erschien mir ungleich ungerechter. Die Apachen waren weniger Menschen, sie hatten ihre Familien fast immer bei sich, sie wurden von Ort zu Ort getrieben, hatten schlechtere Waffen und weniger Munition und waren darüber hinaus noch anfällig für ihnen unbekannte Krankheiten.

Mir wurde auch sehr bald klar, dass der Angriff auf unser Dorf – und ich zögerte nicht, „unser" zu denken – nicht wegen mir erfolgt war. Denn wie hätte jemand in dem trüben Halbdunkel des Morgens eine Gestalt von der anderen unterscheiden können? Wenn man gewusst hätte, dass ich mich dort befand, dann hätten die Soldaten sicherlich versucht, zu verhandeln. Sie wären nicht blindlings in das Lager gestürmt und hätten jeden niedergemacht, den sie gefunden hätten. Diese Feststellung war insofern wichtig für mich, als dass meine Anwesenheit nicht der Grund für die Toten und Verletzten war. Bedeutete das, dass man die Suche nach mir aufgegeben hatte? Dass man mich überhaupt nicht hier in diesem Gebiet vermutete?

War ich eine Närrin, dass ich so dachte? Ich war erst seit wenigen Monaten hier, nicht freiwillig, aber willig, nicht gefangen aber auf irgendeine Art und Weise gebunden. Natürlich hätte ich mich den Soldaten bemerkbar machen können, natürlich hätte ich spanische oder englische Worte rufen können. Selbst wenn ich im ersten Affekt geflohen war, ich hätte mich spätestens dann, als der Soldat die Büsche durchsucht hatte, zeigen können. Trotz sonnenverbrannter Haut und Apachenkleidung verrieten meine hellen Haare und Augen, wer ich war. Weshalb hatte ich es nicht getan? Weshalb hatte ich mich mit *Keh* verborgen, zitternd vor Todesangst?

Ich merkte, dass ich nicht die Einzige war, die darüber nachdachte. Dass ich den verletzten Jungen ins Lager gebracht hatte, dass ich nicht geflohen war, dass ich zwei Kinder vor der Sklaverei gerettet hatte, das schien viele daran zu erinnern, wer ich ursprünglich gewesen war, wo man mich zum ersten Mal gesehen hatte: auf der Reservation, als ich Rindfleisch, Mehl, Decken und Werkzeug mitbrachte, in dem kleinen sandigen Canyon, wo ich kleine Bündel mit Stoff und Nahrung niedergelegt hatte, in dem Winterlager, wo ich versucht hatte, die Soldaten aufzuhalten. Ich war wirklich *Hàcké'isdzáá*, die wütende Frau. Ich begann zu begreifen, dass es die Wut war, die mich antrieb.

Kaum, dass ich wieder aufrecht stehen und laufen konnte, begann ich mich allmählich wieder in den Tagesablauf einzubringen. Ich konnte zunächst noch nicht so lange wandern wie *Nábi'dilziih*, *Keh* und die anderen Frauen, aber ich half, wo ich konnte. Immer wieder erhielt ich Geschenke von *Yáłtí'* und *Bil gozhǫ́ǫ́*, und da es sich sehr oft um etwas zu essen handelte, konnte ich sogleich damit beginnen, es zu verarbeiten. Nach und nach beteiligte ich mich wieder an den täglichen Arbeiten, sah die anderen Menschen und ihre vor Trauer kurzgeschnittenen Haare. Die

Verletzungen der Apachen verheilten, keiner starb mehr. Aber sie trauerten.

Ich sah an den Pflanzen und ihren Früchten, dass der Sommer allmählich seinem Ende entgegen ging. Die sintflutartigen Regenfälle hörten langsam auf, die saftig grüne Landschaft trocknete mehr und mehr aus, die Sonne stand nicht mehr so hoch. Die Kälte sorgte dafür, dass ich noch hungriger war als sonst, und so verdoppelte ich meine Anstrengungen, etwas zu essen zu beschaffen. Die neue Decke, die ich erhalten hatte, breitete ich des Nachts über *Keh* und mich, und ich stellte immer wieder fest, welche Vorteile es hatte, mit dem Mädchen ein Lager zu teilen und sich gegenseitig zu wärmen.

Ich bemerkte aber auch, dass die Männer nun öfters für längere Zeit fortblieben, und dies nicht für die Jagd. Als sie das erste Mal wiederkehrten, stimmten die Frauen die gleichen trillernden Siegesrufe an, mit denen sie die Männer und die Baumstämme für das Fest von *Hasdádogaał* begrüßt hatten. Doch diesmal waren es keine Stangen, die die Männer mitbrachten – mit leichtem Entsetzen erkannte ich, dass sie von einem Raubzug zurückkehrten.

Sie hatten anscheinend tief im Süden eine Siedlung überfallen, denn sie brachten Stoffe, Nahrungsmittel wie Mais und Chilis, einige Metallwerkzeuge, eine kleine Herde Rinder und einen mexikanischen Jungen mit sich. Während die Rinder, das Essen, Kleidung und Werkzeuge verteilt und einige Kühe sofort geschlachtet wurden, stand der vielleicht sechsjährige Junge mit schmutzigem, tränenüberströmtem Gesicht inmitten des Lagers, allein und verstört. Er musste völlig erschöpft sein und hatte sicherlich schreckliche Erinnerungen an den Kampf – möglicherweise hatte er Freunde und Familie sterben sehen.

Und plötzlich wurde mir beim Anblick dieses Kindes bewusst, wie endlos dieser Kampf war. Unser Dorf war von Soldaten und Mexikanern überfallen und viele Menschen waren getötet worden. Genauso, wie die Apachenkinder unter dem Krieg litten und die Erwachsenen um ihre Toten trauerten, so musste dieser Junge leiden und um seine Eltern trauern. Es gab keinen Ausweg, kein Entkommen, denn keiner der hier und jetzt lebenden Menschen hatte den Beginn dieser Feindseligkeiten erlebt und konnte sagen, wer begonnen hatte. Waren die Mexikaner doch genauso wie meine Vorfahren Eindringlinge in diesem Land, und sowohl dieser Junge als auch ich waren beide hier geboren worden. Wir waren damit aufgewachsen, das Land unter unseren Füßen als das unsere zu sehen und es zu verteidigen, und jeden, der es uns nehmen wollte, als Feind zu bezeichnen. Und doch, dieses Kind hätte auch *Keh* sein können, wenn es den Sklavenhändlern in die Hände gefallen wäre, fremd, entwurzelt und voller Angst.

Nábi'dilziih hatte inzwischen bemerkt, dass ich den Jungen gesehen hatte, und wie ich ihn angesehen hatte. Sie schritt auf ihn zu und fasste ihn an der Schulter, woraufhin er so heftig zusammenzuckte, dass er fast stürzte. Wieder strömten Tränen über seine Backen, nur mühsam schien er das Aufschluchzen zu unterdrücken. Da trat auch ich hinzu und sagte leise auf Spanisch:

„Du musst keine Angst haben."

Mit übergroßen Augen starrte mich der Junge an, er hatte sichtlich verstanden. Dennoch schien er halb von Sinnen zu sein vor Trauer, Verwirrung und Schock. Er wollte etwas sagen, brachte aber keinen Ton heraus. Nun berührte ich ihn am Arm, und zusammen mit Keh und *Ko ʔìgą̀*`s Schwester brachte ich ihn zu unserem *kųųghà*. Dort suchte *Nábiʼdilziih* ihm Kleidung heraus, und *Tłʼooł* führte ihn abseits, um ihm zu helfen, sich zu waschen und umzukleiden.

Als ich an diesem Abend mit *Keh* unter den Decken lag, hatte ich noch etwas verstanden. Es ging nicht nur um Rache, wenn die Apachen Kinder raubten. In diesem Wickiup hatten vor dem Überfall der Soldaten zwei Jungen geschlafen, nun waren es wieder zwei Jungen. Die Apachen waren wenige Menschen, und sie glichen die Verluste im Kampf aus, indem sie Kinder aus anderen Stämmen oder auch von Mexikanern und Amerikanern stahlen und adoptierten. Ich war mir völlig sicher, dass dem Jungen nichts geschehen würde, dass er genauso zu essen und Schutz erhalten würde wie andere Kinder. Wenn er lange genug bei den Apachen blieb, dann würde er sein früheres Leben vergessen und einer von ihnen werden.

Sitting Bull Falls im Guadalupe Mountains National Park, Texas (©VE)

11. PINIEN

Es dauerte nur wenige Tage, dann konnte ich *Ṣąh* am Morgen mit *Tł'ooł* aus dem *kųųghà* rennen sehen, um hinunter zum Waschplatz zu kommen und danach in den Bergwäldern zusammen mit den anderen Jungen die Freiheit zu genießen. *Nábi'dilziih* hatte ihn *Ṣąh*, Hör zu, genannt, weil er, kaum dass er den ersten Schock überwunden hatte, so flatterhaft und lebendig war wie ein Küken. Zwar verstand er weder die Anweisungen seines neuen Spielkameraden noch die von *Ko ʔìgą*`s Schwester und immer wieder wandte er sich verwirrt und hilfesuchend an mich, doch nur kurze Zeit später brach sein lebhaftes Wesen wieder durch. Nur die erste Nacht hatte ich ihn weinen hören, allein in der Dunkelheit, aber mir war klar gewesen, dass ich ihn nicht trösten konnte. In der nächsten Nacht schliefen die beiden Jungen nebeneinander unter den Decken, und seine Trauer hatte ein Ende.

An unserem Tagesablauf änderte sich zunächst nichts, wir Frauen gingen wie immer am

Morgen los oder arbeiteten im Lager, wir holten Wasser, Feuerholz, Kräuter, Früchte und essbare Pflanzen und legten gelegentlich Schlingen für kleine Tiere. Dazu übte ich mich immer wieder im Korbflechten, im Anfertigen von einfachen Matten, im Nähen von Ledermokassins, im Gerben von Leder, in der Verwendung der Pflanzen und Pflanzenteile, und wie schon zuvor stellte ich mit leichter Ungeduld fest, dass *Keh* wesentlich schneller begriff als ich. Gleichzeitig schienen die Männer nun viel mehr auf der Hut zu sein, die Frauen waren nervöser und entfernten sich nicht mehr so weit vom Lager. Beständig wurden Späher ausgeschickt, um nicht noch einmal so überrascht zu werden.

Deshalb verlegten wir dieses Dorf auch bald, da es nur ein Zufluchtsort, ein Treffpunkt gewesen war. Sobald alle Verwundeten wieder in der Lage waren, zu gehen, packten wir eines Morgens all unsere Habseligkeiten zusammen und verließen das tief eingeschnittene Tal. Geschützt von den Männern und den herumstreifenden Hunden, von denen tatsächlich ein Großteil nach dem Überfall den Weg zu uns zurückgefunden hatte, wanderten wir tiefer in die Berge, allerdings nicht höher hinauf. Der Herbst kam nun spürbar über das Land, und wahrscheinlich würde es in den höheren Lagen bald schneien.

Für mich bedeutete jeder Schritt, den ich in Richtung Berge tat, dass ich mich weiter und immer weiter von meinen Eltern, meiner gewohnten Umgebung entfernte. Aber mir war mittlerweile klar geworden, was mich von dort abhielt, fast abstieß. Dass ich von den Apachen gefangen genommen worden war, konnte ich nicht mehr ändern, es war geschehen. Hatte man mich schon nach meinem ersten, eintägigen Ausflug in das Winterlager nach meiner Rückkehr betrachtet, als ob ich aus dem schlimmsten Elend errettet worden war, so würde ich nun, nachdem ich schon monatelang bei ihnen lebte, erst recht eine Ausgestoßene sein. Die einzige Alternative nach meiner damaligen Rückkehr schien die Verlobung mit Major Rolfe gewesen zu sein, und ich wollte mir nicht ausmalen, was mir nun bevorstand, sollte ich zu meinen Eltern und in die Gesellschaft der Siedler zurückkehren.

Andererseits musste ich ehrlich zugeben, dass mir die Menschen dieses Lagers langsam ans Herz wuchsen, da ich sie ja eigentlich schon viel länger kannte. Als ich mir einmal ohne weitere Hintergedanken die Frage stellte, was geschehen würde, wenn ich dieses Dorf verließ, erschrak ich bei der Vorstellung, so viele Menschen nicht mehr wieder zu sehen. Schon seit ich im letzten Sommer begonnen hatte, ihnen zu helfen, hatte ich mich von meinen Eltern und der gesamten Siedlergemeinschaft entfernt, Tag um Tag, Schritt um Schritt. Die Gebräuche der Apachen waren mir fremd, ihre Sprache war mir noch immer ein Rätsel, ihre Grausamkeit stieß mich bisweilen ab, und ihre Vorschriften verwirrten mich. Und dennoch hatte ich beschlossen, dass ich mich in dieses System einfügen wollte, hatte mich bewusst entschieden.

Während wir so gingen, ertappte ich mich wieder dabei, dass ich nach *Ko Ꞌigą̀* Ausschau hielt. Ich konnte mir nicht erklären, weshalb, ich konnte es nicht in Worte fassen. Auch konnte ich die Erleichterung nicht begründen, die ich empfunden hatte, als ich ihn nach dem Überfall in unserem Wickiup gesehen hatte, denn ich hatte während der Flucht nicht ein einziges Mal an ihn gedacht. War es, weil wir einander gegenseitig so oft das Leben gerettet hatten? Weil unsere Leben so ineinander verschränkt waren?

Unser neuer Lagerplatz lag gerade unterhalb der Baumgrenze, wo wir vor dem kühlen Herbstwind geschützt sein würden, und wo wir genug Holz finden würden, um Wickiups zu bauen und uns warm zu halten. In der Nähe standen aber auch – und deren Notwendigkeit wurde mir erst nach und nach bewusst – viele Pinien. Die Zapfen reiften bereits und gaben zahllose nussige und sehr nahrhafte Kerne frei – *niishch'i*. Kaum hatten wir den Platz am frühen Nachmittag erreicht, schickte mich *Nábi'dilziih* sofort los, um Feuerholz zu holen, während sie mit *Keh* in aller Eile unser *kụụghà* aufstellte. Anschließend zogen *Nábi'dilziih*, *Keh* und ich mit anderen Frauen sofort los, um die ersten Pinienkerne zu sammeln. Ich bewunderte die Frauen, die manchmal einen der *niishch'i* beim Sammeln in den Mund steckten und geschickt mit der Zunge und den Zähnen die raue dünne Schale entfernten. Ich selbst zerbiss den ersten Kern samt der Schale und kaute missgelaunt auf den trockenen Bröckchen herum, und auch bei den nächsten Kernen wurde es nicht besser.

Am Abend bereitete *Nábi'dilziih* aus wilden Zwiebeln und zerstoßenen *niishch'i* eine sämige und sehr sättigende Suppe, die uns mehr als genug dafür entschädigte, dass die Männer heute kein Wild gefunden hatten. Ich saß mit den anderen am Feuer, *Keh* wie gewohnt neben mir, und als ich in die langsam niederbrennenden Flammen starrte, fühlte ich *Ko ʔìgą*`s Blick auf mir ruhen, nachdenklich. Ich konnte mir keinen Grund denken, weshalb sich sein Verhalten mir gegenüber ändern sollte – oder lag es an dem Überfall? Lag es an den Tänzen, die schon so weit zurück lagen? Daran, dass ich mehr und mehr lernte, konnte, sprach? An allem zusammen?

Besonders begeisterte mich an dem neuen Lagerplatz der kleine Quell, der in unmittelbarer Nähe lag. Er sprudelte aus dem Wald, von den Bergen kommend, und etwas oberhalb unseres Lagerplatzes erreichte das Bächlein harten Felsen. Die Apachen nannten den Ort deshalb *tsedelkaʔtundli*, „das Wasser fließt über den Felsen". In der langen Zeit, in der das Wasser dort floss, hatte es einen breiten Gumpen aus dem Stein gewaschen, ein Becken. Dort hinein konnte man sich auf dem glatten Stein gleiten lassen wie auf einer kurzen Rutschbahn, und es war dort, dass ich *Keh* zum ersten Mal nach dem Überfall wieder lachen hörte, als sie mit den Füßen voran ins Wasser schoss – mit so viel Schwung, dass das Wasser über ihrem Kopf zusammenschlug. Sie tauchte wieder auf, prustend aber strahlend, und ihr helles Lachen perlte über das Becken.

Es war offensichtlich, dass das morgendliche Bad an diesem Ort nicht nur *Keh* besonders gefiel, ich sah fast alle Mädchen und Frauen mindestens einmal jeden Tag in das Wasser rutschen. Und da ich ahnte, dass wir auch im Herbst und Winter jeden Tag dorthin gehen würden, hatte ich das Gefühl, ein besonders schöner Ort konnte uns für die Kälte entschädigen, in der wir uns nun bald waschen mussten.

An diesem Ort fanden die Männer in den nächsten Tagen endlich wieder Wild, und wir Frauen sammelten Pinienkerne ohne Unterlass. Ich wusste, dass ich nicht zu viel während des Sammelns essen konnte – einmal hatte mich *Łtł*, Pferd, bereits deswegen aufgezogen – aber ich lernte langsam, aber sicher, die *niishch'i* im Mund von der dünnen, harten Schale zu befreien. *Łtł* war *Biyo*'s Tochter, und sie hatte ihren

221

Mann während des Überfalls verloren. Nun war ihr Vater zu ihr ins Wickiup gezogen und wurde von ihr gepflegt. Łtf war eine lebhafte, fröhliche Frau, und obwohl sie mit kurzgeschnittenen Haaren über den Verlust ihres Mannes trauerte, war sie eher unbekümmert. Später hörte ich aber auch, dass Łtf mit ihrem Mann schon lange nicht mehr glücklich gewesen war und oft mit ihm gestritten hatte – vielleicht war ihre Trauer deshalb nur relativ verhalten und nicht von langer Dauer.

Łtf war auch diejenige, die mich zum ersten Mal in der Öffentlichkeit neckte. Wir waren am frühen Morgen wieder einmal mit Decken und Sammelkörben losgezogen und hatten auf einer kleinen Lichtung die Decken unter den Pinien ausgebreitet. Dann schlugen wir mit Stöcken auf die Pinienäste, sodass die Zapfen und Kerne auf die Decken fielen. So waren sie um vieles leichter aufzusammeln als auf dem mit Zweigen übersäten Waldboden. Ich sammelte neben Łtf und steckte gedankenverloren immer wieder einen Kern zwischen die Zähne – eigentlich wild entschlossen, so lange zu üben, bis ich die Kerne genauso geschickt im Mund schälen konnte wie alle anderen. Da stieß *Łtt* ein unterdrücktes Kichern aus.

„Du solltest einen neuen Namen bekommen, *Hàcké'isdzǫǫ*, vielleicht Hungrige Frau?"

Ich verhielt einen Moment, weil ich den Sinn ihrer Worte nicht gleich verstand, dann aber hörte ich *Nábi'dilziih* ebenfalls kichern, und auch andere Frauen verbargen den Mund hinter der Hand. Einen Moment war ich unsicher, dann aber bemerkte ich, dass es ein fröhliches Lachen war und man sich nicht über mich lustig machte. Ich lächelte ebenfalls und zog etwas verlegen die letzte Schale zwischen meinen Lippen hervor. Mir wurde leicht ums Herz, denn wenn ich nun schon in die Scherze der Frauen einbezogen wurde, dann hatte ich einen weiteren Schritt in Richtung meiner Akzeptanz getan. Mit einem leichten Seufzer wurde mir nun klar, dass der nächste Schritt vielleicht sein könnte, dass ich auf die Scherze entsprechend antworten konnte.

****

In diesem Herbst geschah noch etwas anderes, etwas, das mich immer noch rührt und die Erinnerung an manchen Tagen sehr schmerzhaft macht. *Keh* begann nach vielen Monaten, vielleicht Jahren, wieder zu sprechen.

Nábi'dilziih, das Mädchen und ich waren mit einer Gruppe Frauen losgezogen, um Holz zu sammeln, und da die Nächte kühler wurden, unternahmen wir jeden Tag größere Anstrengungen, um genug Feuerholz zu finden. *Keh* schritt neben mir her, während ich leise und unbewusst vor mich hinsummte. Da schob sie plötzlich ihre kleine Hand in meine und sagte:

„-*K'is 'iłtsé naaghan* – ältere Schwester.“

Ihre Stimme klang leise und ein wenig rau, aber sie sah mich fest dabei an. Ich war überrascht stehen geblieben und wusste im ersten Moment nicht, was ich erwidern sollte. *Nábi'dilziih* kam mir zu Hilfe, denn die unterschiedlichen Verwandtschaftsbezeichnungen waren etwas, was mich von Anfang an verwirrt hatte.

„-*K'is 'ikéé naaghan* – jüngere Schwester“, antwortete ich deshalb mit ihrer Unterstützung, und vielleicht, weil ich das Wort vorgesagt bekommen hatte, oder weil sie es einfach hatte hören wollen, strahlte das Mädchen.

Es schien wie ein kleines Wunder. Keiner konnte genau sagen, was sie aus ihrer Stummheit gerissen hatte – meine Anwesenheit und Zuneigung, der Tanz der *Ga'ahe*, die Tatsache, dass erst ich sie und dann sie mich gerettet hatte oder alles zusammen. Jedenfalls sprach *Keh* ab diesem Tag, wenig und leise und nur, wenn es notwendig war, aber sie sprach.

An diesem Abend jedenfalls, als das Mädchen wieder an mich geschmiegt am Feuer saß und wir uns Bergwachteln schmecken ließen, die wir Frauen in Schlingen gefangen hatten, blickte *Ko ʔìgą̀* es ruhig an und sagte:

„Von heute an heißt du -*Zaade*."

Ich wusste, dass dies Zunge bedeutet und musste unwillkürlich lächeln. Es war offensichtlich, dass das kleine Mädchen nicht sofort wie ein Wasserfall losprudeln würde, aber dass ihre Veränderung öffentlich bekannt werden sollte, das schien mir angemessen. Sie lächelte ebenfalls und schien mit ihrem neuen Namen sehr einverstanden zu sein. Mir gefiel die Vorstellung, dass man einen neuen Namen erhielt, wenn sich etwas Besonderes änderte. Allerdings musste ich auch zugeben, dass ich mit meinem Namen in der Apachengruppe sehr zufrieden war.

-Zaade jedenfalls sprach nun langsam und verhalten, wenn man sie etwas fragte oder wenn sie etwas wollte. Ihre Aussprache und ihre Sätze waren natürlich fehlerfrei, auch wenn sie noch ein kleines Kind war. Und es schien ihr eine besondere Freude zu machen, mir Worte beizubringen, meine Betonung zu verbessern oder mit leicht schiefgelegtem Kopf einem Satz zu lauschen. Und manchmal, wenn ich etwas gar zu falsch aussprach, perlte ihr helles Lachen über das Dorf.

Wir sammelten Vorrat für den Winter, das wurde mir bewusst, und nun war es auch unausweichlich, dass ich den Winter in den Bergen verbringen würde. Aber der Gedanke hatte in den letzten Wochen seinen Schrecken verloren. Ich hatte den Weg hierher in dieses Berglager überlebt, mit verletzten Füßen, Hunger, Durst und Erschöpfung, ich hatte den Überfall der Soldaten und die Verwundung überlebt, und bisher hatte sich meine Gesundheit als sehr robust bewiesen. Auch hatte ich das Gefühl, dass ich trotz weniger Nahrung kräftiger geworden war. Ich ahnte, dass ich zu essen erhalten würde, wenn alle etwas hatten, und dass ich hungern würde, wenn alle dies taten.

Wir trockneten Pflanzenteile, Beeren und Früchte, schlachteten alle gestohlenen Rinder und zogen Fleischstücke auf Leinen, säuberten Leder vor allem für Mokassins, besserten Kleider aus und füllten Körbe mit diversen Heilpflanzen. Manche der Vorräte und Lederstücke wurden in Höhlen verborgen, damit wir in Notzeiten darauf zurückgreifen konnten. Auch auf der Ranch hatten wir Vorräte für den Winter angelegt, doch wir waren viel mehr Menschen dort und hatten die Sicherheit einer großen Rinderherde gehabt. Die Stadt mit anderen Menschen, einem Laden und notfalls Hilfe waren nicht weit gewesen, und wir waren natürlich nicht auf der Flucht gewesen. Ich hatte keine Ahnung, wie viel Vorrat die kleine Apachengruppe für den Winter benötigte oder was geschah, wenn dieser Vorrat einschließlich der Höhlenverstecke nicht reichte.

Im Guadalupe Mountains National Park, Texas (©VE)

12. GEWEHRE

Die Sonne senkte sich bereits früher am Abend, als eines Nachmittags Aufregung im Lager um sich griff. Zwei junge Männer, die als Wachposten die Ebene überwachten, hatten einen Zug Soldaten gesehen, der sich auf die Berge zu wand. Doch diesmal war es kein überraschender Überfall, es blieb genug Zeit, alles Notwendige zusammen zu packen, während die Männer sofort ausschwärmten, um den Rückzug der Frauen und Kinder zu decken. *Nábi'dilziih*, *-Zaade* und ich betraten eilig unsere Hütte, rollten unsere Decken zusammen, füllten die Vorräte in die Tragekörbe und steckten unsere Messer und Grabstöcke zu uns. Die beiden Jungen schossen bereits wieder hinaus, ihre Decken und Kleiderbündel über der Schulter, begierig, den Männern zu helfen.

Als ich wieder ins Freie trat, eilten bereits viele Frauen und Kinder an mir vorbei, und *-Zaade* an der Hand haltend folgte ich ihnen. Zügig strebten wir hinter unserem Dorf den Hang hinauf bis zur Baumgrenze, folgten dem Waldrand und stiegen dann wieder in einen tiefen Arroyo hinab, immer begleitet von der lautlosen Hundemeute. Hin und wieder sahen wir einen der Krieger vor oder seitlich von uns in der Bergwildnis auftauchen. Dieser kontrollierte Aufbruch, bewacht von den Männern, erschien mir viel merkwürdiger, denn nun, da die Soldaten sich langsam näherten, hätte ich eine viel realistischere Chance gehabt, mich ihnen zu zeigen, um befreit zu werden. Wenn ich es gewollt hätte.

Nach und nach stießen mehr Krieger zu uns, drängten uns zur Eile und halfen den Kindern oder den alten Menschen über schwierige Stellen. Unwillkürlich sah ich mich wieder und wieder nach *Ko ʔìgą`* um, denn ihn hatte ich bisher noch nicht zu der Gruppe stoßen gesehen. Schließlich kam die Meldung, dass die Soldaten hinter uns zurückgeblieben waren, und dass wir, wenn wir bis zum Anbruch der Dunkelheit laufen würden, vor ihnen sicher waren. Die Frauen fassten die Tragegurte fester und gingen entschlossen los, die schon recht müden Kinder folgten ihnen. *-Zaade* wollte mich auch fortziehen, aber ich blieb stehen. Gerade eilte *Ch'ig/d náidnłtsooz*, Er hebt die Decke auf, der Ehemann von *Hasdádogaał* an mir vorbei, da fragte ich hastig:

„Wo ist *Ko ʔìgą̀*? Ist er hinter uns?"

Aber der junge Krieger schüttelte nur stumm den Kopf, als wisse er nichts, und schritt weiter. Eine schreckliche Ahnung stieg in mir hoch – war der Mann tot? Verletzt und zurückgelassen? Ich machte mich von *-Zaades* Hand los und sagte:

„Geh mit *Nábi'dilziih*, ich komme später nach."

Ich sah ihr an, dass sie am liebsten lautstark protestiert hätte, aber schon lange war mir aufgefallen, wie selbstverständlich die Kinder der Apachen gehorchten. Die Entscheidungen der Erwachsenen wurden nicht infrage gestellt, gehorchen war Teil des Überlebens. Das Mädchen lief los und war bald aus meinem Gesichtsfeld verschwunden, wie auch die letzten Frauen.

Nun drehte ich mich um und schritt den Weg zurück, den wir gekommen waren, rascher, da ich das Mädchen nicht mehr an der Hand führte. Ich achtete darauf, unbemerkt zu bleiben, denn natürlich durfte ich die Soldaten auf keinen Fall in unsere Nähe führen – und auch von ihnen gesehen werden wollte ich nicht. Warum lief ich dann zurück? Warum sorgte ich mich um einen

Apachen? Den ganzen Weg hindurch grübelte ich und versuchte, eine Antwort zu finden. Ich hatte keine. Ich wusste nur, dass ich den Tod dieses Mannes entweder mit eigenen Augen sehen oder den Versuch unternehmen musste, ihn zu retten. Ich wusste, dass ich die Ungewissheit andernfalls nicht würde ertragen können, gleichgültig bei welchem Ergebnis.

Später erzählte mir *Ko Ɂigą`*, dass einige Apachen, als sie entdeckten, dass ich umgekehrt war, vermuteten, ich hätte nun doch den Entschluss gefasst, sie zu verlassen und mich den Weißen bemerkbar zu machen. Keiner hielt es für notwendig, mich aufzuhalten, da ich keine Gefahr für das Dorf darstellte. Deshalb war ihr Erstaunen umso größer, als ich wieder zu ihnen zurückkehrte.

Am Rand unseres alten Dorfes stellte ich meinen Tragekorb ab und legte mein Deckenbündel dazu, dann eilte ich weiter. Von fern hörte ich Gewehrschüsse und folgte dem Klang bis zu einer von weißem Geröll übersäten Ebene, die einmal eine breite Wasserrinne gewesen war. Rund um die Ebene standen Bäume und lockeres Gebüsch aus niedrigem Wacholder und dorniger Algerita, dazwischen immer wieder dichte Büschel von

Beargras und Salbei. Etwas entfernt und außer Schussweite sah ich einige Reitpferde stehen, die Zügel um einen Stamm geschlungen. Verstreut in dieser Ebene, die sich von den Bergen hinunter ins Flachland erstreckte, lagen einige sehr große graue Feldbrocken herum, manche über vier Meter hoch.

Augenscheinlich hatte sich *Ko ʔigą`* auf dem größten der Felsbrocken verschanzt, denn die Gewehrschüsse konzentrierten sich auf diesen gewaltigen Felsen mitten auf der Ebene. Der Felsen wurde nach unten hin so schmal, dass sich kaum ein Mann dahinter verbergen konnte, weshalb der Krieger ein paar Meter auf den Stein geklettert war. Hinter dem Felsen befand sich ein schmaler Riss quer durch das Geröllfeld, vielleicht einen halben Meter breit und tief. Die Soldaten hielten sich rund um die Ebene in den niedrigen Büschen und hinter den schmalen Bäumen verborgen und feuerten unablässig. Vom Felsen kamen nur vereinzelte Schüsse – ich wusste, dass bei den Mescalero die Munition immer knapp war. Einer der Soldaten, der vielleicht versucht hatte, den Apachen aus seinem Versteck zu treiben, hatte diese Aktion mit dem Leben bezahlt. Der Körper lag drei Meter neben dem Felsen, nah an dem Riss.

Als ich vorsichtig und möglichst lautlos bis zum Rand der Büsche trat, befand ich mich nur wenige Meter neben dem Riss, der sich auch ein Stück durch den Bewuchs zog. Ich blickte hinüber zu dem Felsen. *Ko ʔìgą̀* war von den Soldaten eingekesselt und hatte vermutlich nur noch begrenzt Munition. Es war nur eine Frage der Zeit, bis sie ihn erschießen oder einfangen konnten. Im Schutz der Dunkelheit konnte er möglicherweise entkommen, aber ich bezweifelte, dass er so lange würde durchhalten können. Ich blickte hinüber zu dem toten Soldaten. Unter ihm lag immer noch sein Gewehr, und er trug einen vollen Patronengurt, aber beides war außer Reichweite des Felsens und damit wertlos für den Apachen.

Das Knallen der Gewehrschüsse zerrte an meinen Nerven, und mein Herz raste – weniger vor Anstrengung als vielmehr vor Angst. Sollte ich hier stehen bleiben und einfach zusehen? War ich deshalb hergekommen? Sollte ich nicht vielmehr handeln? Kurz entschlossen legte ich mich bäuchlings in die Rinne und kroch vorsichtig in Richtung des Felsens. Die Kugeln der Soldaten pfiffen über mich hinweg, doch ich wagte nicht, den Kopf zu heben, um nachzusehen, wie weit ich schon gekommen war. Staub und Sand drang mir in die Bluse, die Augen und in die Nase, und die Steine schabten unangenehm unter mir.

Allmählich hatte ich das Gefühl, dass die Tiefe der Rinne sich immer mehr verringerte und mein Kopf und Rücken über kurz oder lang ein Ziel für die Soldaten sein mussten. Panik durchflutete mich, und für einen Augenblick war ich unfähig, mich zu bewegen. Schließlich glaubte ich, etwa auf der Höhe des Toten zu sein, und richtete mich ganz vorsichtig auf. Nur wenige Handbreit hinter mir lag der Mann, auf der Seite, sein Gesicht dem Felsen zugewandt. Sein Gewehr hatte er beim Fallen unter sich begraben, der Lauf zeigte zu mir. Den Patronengurt hatte er diagonal über die Schulter gelegt.

Sehr langsam und voller Angst, eine verirrte Kugel könnte mich treffen, streckte ich eine Hand aus und ergriff den Gewehrlauf. Zunächst vorsichtig, dann mit aller Kraft zog ich an der Waffe, wodurch sich der Tote ebenfalls bewegte.

„Madre de Dios – Mutter Gottes!" ertönte ein erschrockener Ruf aus den Büschen – die größtenteils mexikanischen Soldaten mussten glauben, ihr toter Kamerad sei wieder zum Leben erwacht. Dies lenkte auch *Ko Ɂigą*`s Aufmerksamkeit auf den Toten.

Der Apache, den ich nun ebenfalls sehen konnte, kauerte auf halber Höhe auf dem Felsen, sein Gewehr in beiden Händen, und als er mich in der Rinne liegen sah, glaubte ich doch, Erstaunen in seinen Augen zu lesen. Ich hatte jedenfalls weiter an dem Gewehr gezogen, bis ich die Waffe neben mir zu Boden legen konnte. Nun war der Soldat so weit zu mir gerückt, dass ich ihn am ausgestreckten Arm packen und hinter mir in die Rinne ziehen konnte. Mit einem dumpfen Geräusch fiel er herunter, und im gleichen Augenblick feuerte einer der Soldaten wie besessen in meine Richtung. Sand und Steine spritzten am Rand der Bodenrille auf, und ich musste hastig den Kopf auf den Boden der Rinne drücken, um weder von Kugeln noch von Steinsplittern getroffen zu werden.

Umso verbissener zerrte ich in meiner liegenden Position den Toten herum und bemühte mich, ihm in meiner knappen Deckung den Patronengurt auszuziehen, ohne von Kugeln getroffen zu werden. Ich versuchte, nicht in das junge, fast bartlose Gesicht und die starren, sandüberzogenen Augen zu blicken, denn obwohl der Tod keine Neuigkeit für mich war, war er noch kein guter Freund geworden. Endlich hatte ich den Ledergurt in der Hand und kroch mit dem Gewehr hastig in der Rinne weiter, bis ich unmittelbar hinter dem Felsen war. Nun, so wusste ich, kam der gefährlichste Teil. Ich musste die wenigen Schritte zwischen der Rinne und dem Felsbrocken so rasch zurücklegen, dass mich möglichst keine Kugel traf. Am Fuß des Felsens jedoch konnte ich auch nicht bleiben, da ich dort keine Deckung hatte.

Ko ʔgạ` blickte zu mir, und ich ahnte, dass er mich notfalls den Felsen hinaufziehen würde. Deshalb packte ich das Gewehr fester, legte mir den Patronengurt über die Schulter und suchte mit den Füßen einen sicheren Halt in der kiesigen Bodenrille, um mich abstoßen zu können. Dann schoss ich aus meinem Versteck und hastete auf den Felsen zu, mit wenigen Sätzen war ich an seinem Fuß angekommen. Gerade als ich Ko ʔgạ`s Hand ergriff, der mich in die Höhe zog, splitterte durch einen Kugeleinschlag der Felsen neben meinem Knöchel, und ein scharfkantiger Stein riss mir eine tiefe Furche in die Haut. Ich fühlte, wie mir Blut den Fuß hinunterlief, aber ich achtete nicht darauf.

Ich reichte dem Apachen das Gewehr und zog sofort einige Kugeln aus dem Patronengurt, unsere Augen trafen sich dabei nur kurz. Der Mescalero feuerte unmittelbar, lud nach, zielte und feuerte wieder, und plötzlich erscholl ein langgezogener Schmerzensschrei aus den Büschen.

Ko Âigą` schoss mit großer Genauigkeit, bis der halbe Patronengurt leer war, dann hörten wir ein Kommando von den Stellungen der Soldaten. Langsam zogen sich die Uniformierten zurück, und als wir sie in einiger Entfernung auf ihre Pferde steigen sahen, lehnte ich mich aufatmend gegen den rauen, warmen Felsen. Mein Herz hämmerte immer noch gegen meine Rippen, und langsam kam mir auch der scharfe Schmerz unterhalb meiner Wade zu Bewusstsein.

Ko Âigą` kletterte nun von dem Steinbrocken herunter, und ich folgte ihm rasch, nachdem ich gemerkt hatte, dass die oberflächliche Verletzung mich nicht sehr beim Gehen behinderte. Wortlos huschten wir in die Büsche und zurück zum Lager, dort nahm ich meinen Lastkorb und die Decken wieder auf, während der Mann die beiden Gewehre trug. Wir folgten dem Weg der Frauen und Kinder nur teilweise und stiegen schließlich viel früher den Arroyo hinab. Ich ging hinter dem Tötenden Feuer, und der rasche Fußmarsch sowie die Gewissheit, dass ich nicht nur dem Mann das Leben gerettet, sondern auch durch meine Tat die Soldaten zum Umkehren gezwungen hatte, beflügelte mich auf seltsame Weise.

Die Dunkelheit war schon hereingebrochen, als wir die wenigen Lagerfeuer auf einer Hochwiese in der Ferne erkennen konnten. Ich zählte die Hütten rasch im Halbdunkel und atmete auf, als es immer noch sechs Wickiups waren. Es versetzte mir einen kleinen Stich, dass ich *Nábi'-dilziih* und *-Zaade* auch diesmal nicht hatte helfen können, unser *kųųghà* zu bauen, aber ich tröstete mich damit, dass es der Frau sicher lieber war, dass ich ihren Bruder gerettet hatte. Die Familien saßen schon beim Abendessen, als wir das neue Dorf betraten, schweigend. Ohne ein Wort der Begrüßung schritten wir zu unserer Hütte, und ich sah alle dort um das Feuer sitzen, die Frau, das Mädchen und die beiden Jungen.

Erleichtert stellte ich meinen Korb an der Hüttenwand ab und streckte meinen Rücken. Ich fühlte mich steif und schmutzig, und ich konnte immer noch Reste von Sand in meiner Bluse fühlen. *Nábi'dilziih* schöpfte nun zwei Schalen mit Essen und reichte sie uns, als wir uns niedersetzten, und ich aß dankbar, nachdem ich irgendwann auf dem Weg aufgegeben hatte, gegen den Hunger anzukämpfen. *-Zaade* setzte sich zu mir. Ich sah ihr an, dass sie genau wissen wollte, was geschehen war, doch sie wusste auch, dass sie warten musste, bis alle gegessen hatten.

Schließlich stellte *Ko ʔìgą̀* seine Schale zu Boden, nahm das Gewehr, das ich dem toten Soldaten abgenommen hatte, in die Hand und stand auf. Er schritt in die Mitte des Dorfes, wohin der Feuerschein der einzelnen Kochfeuer gerade noch reichte, und hob das Gewehr hoch über den Kopf. Sofort trat Stille ein.

„Diese Frau dort, die ihr alle kennt, ist eine *'indaa'*, eine der Weißaugen. Dennoch hat sie im Sommer gegen die Mexikaner gekämpft, die unsere Kinder stehlen oder töten wollten. Heute hat sie wieder gekämpft. Sie hat einem toten Soldaten ein Gewehr und Munition abgenommen und sich dabei selbst in Gefahr gebracht. Sie hat dafür gesorgt, dass ich entkommen konnte und dass die Soldaten aus den Bergen fortgezogen sind. Ich verstehe nicht alle Wege der Weißaugen, aber ich verstehe, dass diese Frau für uns kämpft. Eine Frau, die kämpft, benötigt ein Gewehr."

Und damit trat er zu mir und reichte mir das Gewehr, das ich erbeutet hatte, zusammen mit dem Patronengurt, in dem noch etwa fünfzehn Kugeln waren. Ich stand auf, ungläubig, und umfasste den glatten, kühlen Holzkolben. Für einen kurzen Moment sah der Apache mir in die Augen, und ich glaubte, ein Lächeln zu entdecken. Es war unverkennbar, dass ich von niemandem mehr als Gefangene betrachtet werden konnte, selbst wenn mein Name jemanden noch nicht überzeugt hatte. Aber mir wurde auch klar, dass dies der Weg war, den ich gewählt hatte, ob ich es nun bewusst oder unbewusst getan hatte.

In diesem Augenblick stieß *Ch'ig/d náidnłtsooz* einen schrillen Kriegsruf aus, der von den entfernten Talwänden widerhallte, und einige andere Männer fielen ein. Der Ruf fuhr mir bis ins Mark und verursachte mir Gänsehaut, aber fast zum selben Zeitpunkt erfüllte mich eine so überschäumende Freude, dass ich fast eingestimmt hätte. Ich war *Hàcké'isdząą,* die wütende Frau, und ich kämpfte. Es spielte keine Rolle, dass ich eigentlich nicht zu diesem Volk gehörte, und dass ich ihre

Sprache nur gebrochen sprach. Es spielte keine Rolle, dass die Soldaten mich vielleicht suchten und diese Menschen für schuldig befanden. Und es spielte überhaupt keine Rolle, wie lange ich schon bei ihnen war und was vorher geschehen war. Ich war die wütende Frau, und ich kämpfte.

Sehr viel später erfuhr ich, dass die Soldaten, die *Ko Ɂigą`* gestellt hatten, mich erkannt hatten. Bis allerdings diese Nachricht zu ihrem Vorgesetzten und dann schließlich zu Major Rolfe und meinen Eltern drang, vergingen viele weitere Wochen. Etwa zum gleichen Zeitpunkt hatten meine Eltern erfahren, dass Rosanne und ihre Mutter befreit worden waren, aber auch, in welchem Zustand sie sich befanden. Die Nachricht, dass ich lebte, beruhigte sie, doch die Tatsache, dass ich mit einem Apachen gemeinsam gegen die Soldaten gekämpft hatte, verwirrte sie zutiefst. Augenscheinlich ging es mir nicht so schlecht, wie es Rosanne und Mrs. Eden ergangen war. Aber warum kehrte ich nicht zurück?

(Wird fortgesetzt)

White Sands National Park, New Mexico (©VE)

NACHWORT

Eine besondere Literaturgattung in den USA des 19. Jahrhunderts sind sogenannte *Captivity stories* – Berichte von Frauen und Männern, die während eines indianischen Überfalls entführt und Monate oder Jahre bei einer indianischen Gruppe lebten. Über die Jahrhunderte wurden zahlreiche Fälle sowohl von Gefangennahmen als auch von Befreiungen oder zwanghafter Rück-Entführungen in die „weiße" Gesellschaft beschrieben.

Die Praxis, Kinder und Frauen anderer Gruppen gefangen zu nehmen, und im besten Fall in die eigene Gemeinschaft zu integrieren, hatte bei den indianischen Gruppen eine lange Tradition, so auch bei den Apachen. Die Familien glichen damit die hohe Kinder- und Müttersterblichkeit aus. Auch wurden Gefangene bisweilen gegen Lösegeld und Handelswaren ausgetauscht. Die europäischen Kolonisten fügten sich nahtlos in den bereits bestehenden indianischen Sklavenhandel ein.[3]

---

[3] Santiago 2011.

Die verschiedenen Apachengruppen entführten Kinder sowohl aus anderen indianischen Gruppen als auch aus mexikanischen und US-amerikanischen Siedlungen. Grundsätzlich wurden vor allem entführte Jungen und Mädchen im Alter bis etwa 12 Jahren meist nach kurzer Zeit in die Gemeinschaft adoptiert und genauso behandelt, wie andere Kinder der Apachen. Mädchen und Frauen, die älter waren, wurden entweder als zusätzliche Arbeitskräfte behalten – der Ausdruck „Sklaven" trifft nicht in allen Fällen zu – oder später in den Stamm aufgenommen.

Die gewalttätige Entführung, bei der die Kinder und Erwachsenen die Tötung anderer Familienmitglieder mitansehen mussten, der strapaziöse Weg in die Gefangenschaft, der Entzug von Nahrung, Wasser, Schlaf und Kleidung und die bisweilen raue Behandlung in den ersten Wochen im Lager sind in zahlreichen Fällen belegt und lösten bei den Gefangenen ein tiefsitzendes Trauma aus. Ermutigt durch erste Anzeichen von freundlicher Behandlung bemühten sich die meisten Gefangenen intensiv, die Sprache und kulturellen Praktiken ihrer neuen Umgebung zu lernen.[4] Manche der gefangenen Jungen stiegen durch ihren Eifer zu Anführern in ihren Gemeinschaften auf.[5]

Die Behandlung der Gefangenen war bisweilen grausam, doch durch die strenge Sexualmoral bei den Apachen und den strengen Vorschriften auf einem Kriegszug wurden Frauen, weder indianische noch mexikanische/US-amerikanische, bei oder nach ihrer Gefangennahme vergewaltigt.[6] Nach der Eingewöhnung erledigten ein gefangenes Mädchen oder eine Frau die gleichen Arbeiten wie Apachenfrauen. Als Frau eines Siedlers hatten sie ebenfalls hart zu arbeiten, und insofern schien ihnen das Schicksal in einer Apachengruppe nicht wesentlich schlimmer. Im Gegenteil, gefangene und akzeptierte Frauen erfuhren in ihrer neuen Umgebung tatsächlich oft ein bis dahin nie gekanntes Gemeinschaftsgefühl und gewannen ihre neue Familie lieb.

---

[4] Graziano 2022.

[5] Z. B. Herrman Lehman bei den Apachen/Comanchen (Brister 2005).

[6] Im Gegensatz zu den Comanchen, siehe Plummer 1838.

GLOSSAR

Bésch'aa'é istł'óli	Korb zum Sammeln
Chish	Holz / Feuerholz
Chish ãii' ya'n'jásh.	Bring Feuerholz.
Ch'iljíg	Creosote
Dįį'	Vier
Doo'	Komm mit.
'Ena'iłch'iłí	Frauenkleider
Ga'ahe	Berggeister / Tänzer
Hosh	Feigenkaktus
Hosh ch'iyáni	Kaktusfrüchte
'Indaa'	Weiße (wörtl. „Weißaugen")
'Iiłxash	Schlafe.
Ikaz	Sotol-Agave
'Ít'a nee'ãdââ'-dá nan'béé.	Nimm ein Bad vor Sonnenaufgang.
'Itsįįsgą'	Fleisch
'Ixéhe	Danke
'Iyiłdaa	Trink.
Kébane	Lederschuhe / Mokassins
Kiłtsogé	Soapberry

-K'is 'ikéé naaghan	Jüngere Schwester (von einer Frau gesagt)
-K'is 'iłtsé naaghan	Ältere Schwester (von einer Frau gesagt)
Kų	Feuer
Kųųghą łiga'í	Tipi
Kųųghà	Hütte / Wickiup
Laatsíné	Halskette
Náda'adâ	Pubertätsfest
Nanstáné	Mesquite Bohnen
Nangodaszei	Capitan Peak im Guadalupe Mountains
Náõdá	Du bist zurückgekommen.
Niishch'i	Pinienkerne
Nik'is-õ	Schwester / Cousine (von einer Frau gesagt)
Sade	Zeltstangen
Tsaydithl	Würfelspiel
Tsedelka?tundli	Das Wasser fließt über den Felsen
Tù	Wasser
Tústs'aa	Wasserkorb
Yułtudi	Mescal-Bohnen

248

Weiterführende Literatur:

Bailey, L.R.
1973   Indian Slave Trade in the Southwest. A Study of Slave-taking and the traffic in Indian Captives. Los Angeles.

Ball, Eve
1970   In the Days of Victorio. Recollections of a Warm Springs Apache. 11th printing 2008. Tucson.
1980   INDEH. An Apache Odyssey. Together with Lynda Sánchez and Nora Henn. Provo.

Blazer, Almer N.
1999   Santana. War chief of the Mescalero Apache. Taos.

Breuninger, Evelyn
1982   Mescalero Apache Dictionary. Mescalero.

Brister, Louis E.
2005   Neun Jahre unter den Indianern. Gefangenschaft und Leben eines Texaners unter den Indianern. Geln-hausen.

Brown, Dee
1958   The Gentle Tamers. Women of the Old Wild West. Lincoln & London.

Edmonson, Munro S.
1958   Status terminology and the social structure of North American Indians. The American Ethnological Society. Seattle.

Eidenbach, Peter L.
2012   An Atlas of Historic New Mexico Maps 1550-1941. Albuquerque.

Farmer, Michael W.
2017   Apacheria. True stories of Apache life 1860-1920.

Farrer, Claire R.
2011   Thunder rides a black horse. Mescalero Apaches and the mythical present. Long Grove.

Goodwin, Grenville

1942   The social organisation of the Western Apache. Chicago - Illinois.

Graziano, Frank

2022   Identity in Captivity. Becoming Apache and Comanche. Indepently published.

Greenberg, Adolph M.

1996   Ethnographic Overview and Assessment of Carlsbad Caverns National Park. Ohio.

Gwynne, S.C.

2011   Empire of the Summer Moon. Quanah Parker and the Rise and Fall of the Comanches, the most powerful Indian Tribe in American History. Scribner.

Jamerson, W.C.

2007   Legend and lore of the Guadelupe Mountains. Albuquerque.

Lane, Lydia Spencer

2001   I married a soldier. University of New Mexico Press.

Mails, Thomas E.

1974   The people called Apache. Englewood Cliffs.

Mehren, Lawrence Lindsay

1969   A History of the Mescalero Apache Reservation, 1869-1881. Master thesis Dep. of History, University of Arizona.

Michno, Gregory & Susan

2007   A Fate Worse Than Death: Indian Captivities in the West, 1830-1885. Caldwell, Idaho.

Oatman, Lorenzo D. & Oatman, Olive A.

1944   The Captivity of the Oatman girls among the Apache and Mohave Indians. New York.

Opler, Morris Edward

1950   Mescalero Apache History in the Southwest. In: New Mexico Historical Review. Vol. 2, No. 1. 1-36.

1941   An Apache lifeway. The economic, social, and religious institutions of the Chiricahua Indians. Chicago - Illinois.

1983a Mescalero Apache. In: Ortiz, A. (Vol. ed.): Handbook of North American Indians. Vol. 10. Southwest. Washington. 419-439.

2002 Apache Odyssey. A journey between two worlds. Lincoln & London.

Opler, Morris Edward & Hoijer, Harry

1940 The raid and war-path language of the Chiricahua Apache. In: American Anthropologist Vol. 42: 617-634.

Perry, Richard J.

1993 Apache reservation. Indigenous peoples and the American State. Austin.

Plummer, Rachel

1838 Rachel Plummer's Narrative of Twenty-one-Months of Servitude as a Prisoner Among the Comanche Indians (Reprint 2020).

Santiago, Mark

2011 The Jar of Severed Hands. Spanish Deportation of Apache Prisoners of War. Univesity of Oklahoma Press.

Robinson, Sherry

2000 Apache Voices. Their stories of survival as told to Eve Ball. University of New Mexico Press Albuquerque.

Smith, Clinton

1998 The Boy Captives. San Antonio.

Smith, Victoria

2009 Captive Arizona 1851-1900. Lincoln & London.

Sonnichsen, C.L.

1986 The Mescalero Apaches. University of Oklahoma Press.

Stockel, Henrietta

1991 Women of the Apache nation. Reno – Las Vegas.

2000 Chiricahua Apache Women and Children. Safekeepers of the Heritage. Texas A&M University Press.

Szasz, Margaret Connell

1994 Between Indian and White Worlds. The Cultural Broker. University of Oklahoma Press.

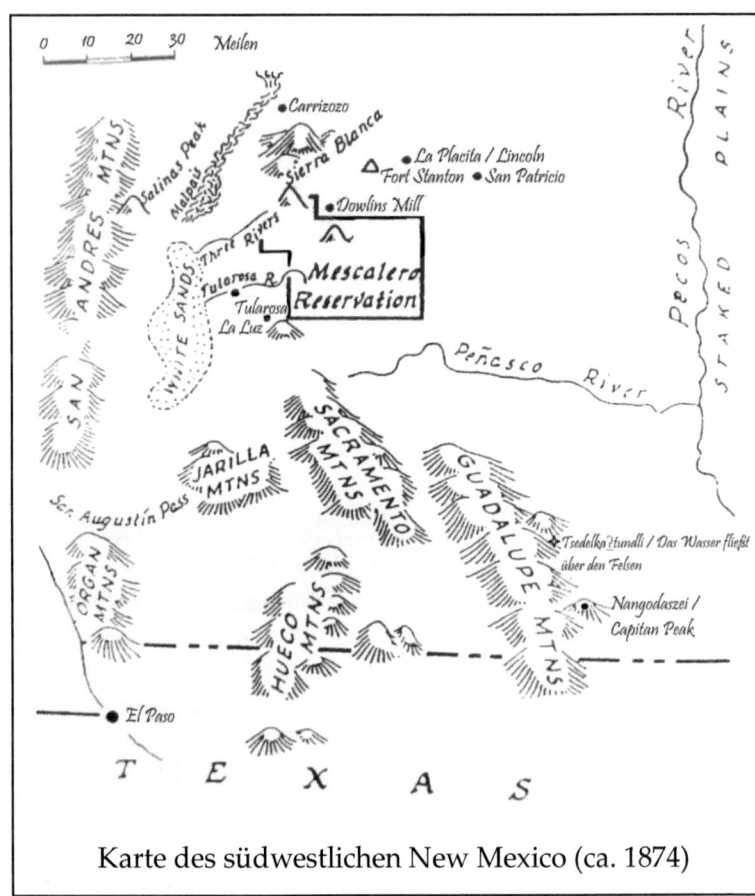

Karte des südwestlichen New Mexico (ca. 1874)